主编 凌翔

当代著名

独自歌唱

柯国伟 著

民主与建设出版社
·北京·

©民主与建设出版社，2020

图书在版编目（CIP）数据

独自歌唱/柯国伟著. —北京：民主与建设出版社，2020.2
ISBN 978-7-5139-2931-8

Ⅰ.①独… Ⅱ.①柯… Ⅲ.①散文集－中国－当代 Ⅳ.①I267

中国版本图书馆 CIP 数据核字（2020）第 033068 号

独自歌唱
DUZI GECHANG

著　　者	柯国伟
责任编辑	周佩芳
封面设计	陈　姝
出版发行	民主与建设出版社有限责任公司
电　　话	（010）59417747　59419778
社　　址	北京市海淀区西三环中路 10 号望海楼 E 座 7 层
邮　　编	100142
印　　刷	唐山楠萍印务有限公司
版　　次	2020 年 7 月第 1 版
印　　次	2020 年 7 月第 1 次印刷
开　　本	710 毫米 ×1000 毫米　1/16
印　　张	13
字　　数	200 千字
书　　号	ISBN 978-7-5139-2931-8
定　　价	39.80 元

注：如有印、装质量问题，请与出版社联系。

自　序

写下，即是永恒

从 2009 年开始写散文，断断续续写了十年，一直把写作当作一种爱好和乐趣，一种纯粹的、不被其他非文学因素所干扰的自我方式。写作应该足够纯粹，这才是它存在的意义所在。生活里，已经有很多不够单纯的东西，写作就该抵挡这些虚伪与矫饰，而只对自我心灵、生活的本质、人的存在进行真诚的书写。如此，写作才值得人倾心追求，并永不疲倦。

十年，是一段可以有许多故事和改变的时光，让我有所沉淀和启发。这十年写下的文字，是个人成长的足迹和心灵的记录史。它必然不完美，这里有初习写作的稚嫩、朴拙和简单，却都是当时足够真诚的心声，仍然值得留下。这都是自己一路走过的印记，好与不好，都是自己的，都应该珍视，却不能为了好看的虚名，而掩饰不足。只有这样，写作才有令人景仰的神圣所在。

写到今天，许多观念都得到改变，这是写作十年才能磨炼出的感悟。我们的笔触只能更通透、有力，更去接近生活本身，更有心灵的观照，才能让文字更精准地呈现这个世界，并让自己从中获益，让写作成为一种具有深度、美好又精彩的生活方式。

我从没想过可以这么快出版我的第一本散文集《独自歌唱》。这源于网上的特殊机缘；另一方面，我又觉得，有必要对自己这十年进行阶段性总结和提升，虽然仍有不足，但我仍下决心出版我的处女作。

当这本文集出版后，它其实已不属于作者，而在读者手中形成自己的命运。命运如何，源于这些文字的质地和读者的期待。如果它能带给你一点点触动，那已足矣，它已实现价值所在；如果它让你失望，那么抱歉，这是我现在只能达到的高度。但我当初写下它时，一定是无比的真挚，请相信。

写到这里，我忽然想起，今天正是我39虚岁的生日：重阳节。这似乎是命中注定，一切似乎都已安排好，水到渠成，我刚刚整理完所有文稿，就缺这篇序，是为自序。

柯国伟写于福建漳浦
2019年10月7日晚

目　录

第一辑　浅吟低唱

在记忆前书写　002
坐拥春天　005
寂寞青草味　008
低　飞　011
时　间　014
寻找远去的蔚蓝　017
你那深邃的目光　020
大地安详　023

第二辑　人生之旅

人生的旅途　028
心中那片蔚蓝的海　032
独自歌唱　036
写给十年后的我　040
永远没有真正的远方　044
冬夜的小温暖　051

第三辑　散淡时光

　　在阳光中　056
　　寂　寞　059
　　柔软的时光　062
　　寻找温暖　066
　　在宁静中滑翔　069
　　在书的海洋里沉醉　072
　　安安静静许多时　075

第四辑　行走词章

　　金　鱼　082
　　周末，我要去哪里　084
　　一个人的黄昏　092
　　夏夜的公园　098
　　在小城安静地生活　103
　　尘世微光　110
　　夏夜，去走走　115
　　寂静词章　125

第五辑　往事如歌

童年夏夜　132
青涩的中学时代　135
儿时的年　139
那些明亮的午后　142
游离的师范生活　146
迷幻的夏日午夜　152
时间，回旋　157
再见，青春　162
盛夏的大自然童年　167

第六辑　情感共鸣

和母亲聊聊　178
诗书传家告子孙　181
陌生的母亲　186
坎坷又痴迷小提琴的父亲　190
给我美好年华的老师　195

第一辑　浅吟低唱

在记忆前书写

  在记忆面前，人只是一张脆弱的薄纸，经不起任何回忆的翻阅，只要稍稍用力，心就会缓缓地颤抖，微微作响。在它的注视下开始书写，我知道将深陷其中，无法言语，只有一曲暖人的歌能抚慰斑驳的心灵。
  记忆开始苏醒，现实世界轰然倒塌。那些深藏内心的梦终于可以慢慢走出封闭的匣子，开始飞翔，释放梦的翅膀和气息。而我，终于可以放飞自己，像儿时的自己，奔跑在田野里，对着蓝天白云大声呼喊。在记忆面前，既感到温暖，又感到疼痛。
  那些曾经的美好令人赞叹，那些曾经的伤痛令人感伤。时光匆匆，流年似水，岁月冲刷一切往事。多年后，当我蓦然回首，才猛然发现，那些不曾忘却的记忆原来是我们生命中最美丽的风景和叹息，是我们一生最宝贵的时光和财富。过去了，便不再回来，不再拥有，只能怀念、遗憾和仰望。
  从前，我们都曾经奢侈地拥有，却不懂那就是金子般珍贵的时光，等到突然结束时，才感到一丝丝失落。所幸，我们还有记忆，还可以寻出一点影像来怀念；但又很不幸，因为有时唤醒记忆也是种疼痛。记忆就像一杯不加糖的苦咖啡，明明知道苦涩，却又偏偏愿意去品尝，因为苦涩中也有浓浓的芳香。记忆，是一种瘾，让我们无所适从，既爱它，又怕它。

我们不敢轻易回忆，但回忆却那么美。记忆中的一切已不再是单纯的事物，早已浸透多年后才能领悟出的情感，每一段记忆都是我们对过去做出的鉴定。能够留在记忆里的一切，都是因为曾经触动我们的心，或者狭义地讲，是因为曾经拥有快乐时光。没有一个人愿意回忆痛苦，忘记该忘记的，记住该记住的，也许，这样的人生才不会一片空白，才会有存在的充实感；但美好的回忆也让我们感伤，因为一去不复返，再也无法重来。

我们不需要沉迷记忆，但是需要记忆，它教会我们成长。那些美好的过往就像一道金色的光芒，照亮我们平淡的生活，给生活增添几许色彩，让我们充满力量，看到曾经闪光的生活。我们可以更真实地面对自己，读懂自己。那些明净、多彩的情愫净化我们的心灵，陶冶我们的情操，抚慰日益坚硬、寂寞的心灵。记忆的力量开始显现，那一刻，我们找回真正的自己，再也不需要多余的东西。当那些幸福记忆翩然而至时，内心一阵阵悸动、惊喜，有时甚至还有落泪的感动。从某种意义上说，那些往事就像人生的指路灯，告诉我们永远不要迷失，永远别丢了当初那颗美好的心。

同时，那些刻着伤痕的记忆依旧会隐隐作痛，但也在提醒我们，在我们还能把握时，永远不要再有类似的伤痛发生。不要等错过、失去，才体会出遗憾。要好好珍惜现在，别让以后的日子又是一片苍茫、清冷和叹息。

岁月终究会成为斑驳的影像，像电影胶片的老镜头，让人感慨。在记忆面前，我们只是岁月的影子，不再是当初的自己，但请记得储藏记忆，它是我们最好的人生见证。即使只是拼凑片段，但请记住那些沉淀我们闪光年华的微小片段与瞬间。一个静物，一首歌，一张相片，这是我们留存记忆的最好方式。只需翻开，记忆就会随时苏醒，只要你愿意。

多年后，记忆就像一坛陈年好酒，日久弥香，沉淀岁月浑厚的色泽，让人回味悠长。等到我们老了、头白了，就会发现，自己已在悄然中积累了厚厚一叠的人生之书。那时，我们都会灿烂、满足地微笑：记忆，已在闪闪发光。在记忆面前，我们并没有失去自己。

坐拥春天

  那是一丝暖意开始复苏，冰雪消融，春天就从那细微的流水声中走来。大地依旧一片沉寂，但春天来了，生机已经潜藏。天地一片空蒙，潮湿的空气里孕育着春的气息。在广袤的田野上，黑土地颜色变深，吸吮着春的甘露。草木悄然抽出新绿，最早泄漏春的行踪。

  大地在烟气的氤氲中染上一层神秘，每个角落仿佛都蕴藏着生命的律动，充满含蓄之美。鸟儿站在枝头，最早划破春的宁静，用清脆的歌声迎接春的到来。

  春天来了……

  在那片绝美的原野上，春天用神奇的魔笔装点大自然，原始的古朴之美从来不曾改变。那是另一片存在于人们视野之外的造化之美，声色味俱全，充满生机，随处都能感受到春的气息。

  随后，春雨来了，淅淅沥沥，还裹着一丝清寒，为大地画上一条条细小的柔美线条，如丝如烟，随风摇曳，缀满诗意。"好雨知时节，当春乃发生。随风潜入夜，润物细无声"，春雨是这么来的，想必那一夜的杜甫兴致很高，心情舒畅，细细地听雨、品雨，才写得出这么美的动人诗句。

那些唯美的画面被重新建构，那些古老的意象重新浮现，那些春天的遐想重新到来。那是春雨的点染，营造出一片诗意、深远的天地，让人沉浸其中。

湿漉漉的，想象里都是雨的气息。在田野里，那是最美的存在。雨滋润着大地，土地变得松软、黑亮，草木顿时变得青绿，特别醒眼，天地间一片凄迷。恰好的春雨是柔美的，随风轻扬，飘飘洒洒，只有潇潇的雨声响在耳畔，却觉得很舒服、很宁静，只愿长久地在这雨中流连而不想离开。

深藏的传统文化情结再次被唤醒，那古老、永恒、熟悉的古典之美再次浮现，充盈内心。远远地，牛来了，一摇一摆，缓慢而随意，悠闲而自在。牛伸直了脖子，惬意地长鸣一声，声响低沉、悠长而纯净，空灵地回荡在广袤的田野里。农人依旧，身着蓑衣，扛着锄头，从垄上走过。时空错乱，想起那些古老的诗词，仿佛身处古代的田园之美。只是如今牧童已不在，笛声也已不在，那杏花的酒家早已遁入历史的尘埃里，杳不可寻。

古朴的自然、原始之美，像一幅水墨画，散发着浓浓的空灵神韵，烟雨淡染了一切，唐人的风骨就这样永恒地留在这飘逸的画面里。

时空穿越千年，诗人又为我们留下永恒绝唱。江南，古镇，雨巷，一个个意象都让人为之动容。

想那江南的雨是多情的，才惹得无数文人墨客驻足停留。当雨落进江南小镇，注定要完成一次蜕变。风雨凄迷中，小镇宛若羞涩的少女，遮掩不住由内而外散发的飘逸气质。深厚的历史文化让小镇有了让人看不透的厚重，也有了无法言说的深邃之美。

雨巷两旁古旧的矮楼房里，依旧延续着历史的气息。矮楼上的小木窗依旧开着，真想捧本书，在那窗前坐拥春天。雨水滴落在路面的青石上，滴答、滴答，奏一曲清脆、欢快的春雨之歌。直到诗人笔下那位撑伞的少女来了，才赋予古镇新的气息与内涵。

那是雨中的闲情逸致，是一缕淡淡的愁思，在雨中徘徊吟唱，充满无尽的情思。在春雨里走着，虽有几丝清冷，却撑起一片温暖、诗意的天空。雨沾湿了裤腿，却仍喜欢在这浅浅的雨声中流连，让思绪去飞翔。

春雨里，蛰伏着生机。这场春雨过后，该是春光明媚，百花盛开，姹紫嫣红，生机盎然。

坚硬的城市里缺乏春的气息和情感，而我正在寻找心灵的春天。那些春的色彩也许只能在方块的汉字中慢慢寻找。但春天来了，春的种子已经播下，希望也即将欢愉地绽放。

寂寞青草味

　　仿佛是一场游戏。八年的时间里，曾经为了更美好的愿望和明天孜孜以求；八年后的今天，空空如也，像是做了一场大梦，又回到从前。

　　回溯，从前。

　　心灵开始沉寂，逐渐平静，及至淡然。有些烟云散尽的感觉，心灵的浮华过后，质朴得几乎只剩一瓢水、一箪食，生活简单得由线条组成。

　　但仍有叹息和遗憾。谁不希望站得更高，看得更远呢？但最后，尘埃落定，用八年的时间来成长，体会生活。在人生又一个转角处，停顿，思索，转弯……

　　纷纷扰扰终归平静。回到自己，回到寂寞。这是迟早要经历的过程。内心有些失落，但只能如此，这就是生活。

　　还是来想想现在吧！

　　从没想过自己也快走到中年。"中年"，这样一个听起来有些遥远、沉重、沧桑的词，曾经与我无关，也从未把它和自己联系。总以为自己还有很多时间设想未来，尝试许多事情。可是时光匆匆，一转眼，竟发现自己已没有选择，岁月不等人。

　　早已习惯寂寞，再也没有多少期盼和奢望得到什么，只想安安静静走这人生路。万般繁华与我无关，只和自己内心对话。一个人独处时，常常会想些抽象问题，或者回忆远去的时光。我不知道在这些安静的时光里，到底有多少思绪沉淀下来，融进内心，纷飞在我的世界。于我，此时的寂寞有了生命。在回想中，有许多丰富体验充实内心，也有许多往事打动我，让平日沉闷的心情变得多姿多彩。寂寞不再是冷色调，而是有了温度。

　　在晚上，我常常穿梭于来来往往的人群中，走在街市繁华的边缘。炫色的灯光映衬出现代人生活时尚的气息，让我感受到生活的富足多姿。于我，路上的人群、繁华的商店、炫迷的灯光，都只是路过的一道道风景。我无意停留，也无意观赏，只是惊鸿一瞥地掠过，什么也没记住，只是喜欢行走在繁华边缘的感觉。我依旧寂寞，但寂寞有了声色光影的陪衬。繁华不属于我，但我不会因此而懊恼。至少还可以在多彩的生活中寂寞着，也是种欣慰。

　　更多时候，寂寞时光是在文字中度过。借助阅读，借助书写，从文字中汲取力量，知道自己并不孤单，还有许多人和我一样在这样走着。阅读一篇文字，就像认识一位朋友，或多或少，总会得到一些共鸣，或是内心一些相似的声音。于此，他们便是知己。尽管未曾谋面，但心已熟知，比起天天见面的人还更亲切。心灵的力量瞬间超越时空界限，直抵内心深处。相似的感受和经历转换成文字后，温暖着我们这些寂寞文字旅人的心。于是，会有近乎热泪盈眶似的激动，感到几许安慰。

　　书写，只要自己喜欢就好，没有什么意义和目的。我把它当成对自己人生的记录和感想，就像珍藏许多值得纪念的老物件。这样会心的书写过程是幸福的，懂得珍惜，懂得纪念。当那些内心真实的声音流淌下来，成为看得见、摸得着、并且是那么真实、亲切的文字时，内心的喜悦无法言喻。这时的寂寞是每个爱好文字的人所向往的，寂寞也不再是先前的清冷、孤单，而是有了充盈内心的满足感和踏实感。你甚至希望，时间可以永远停在这一刻，什么都可以不要。

　　想来，这样寂寞的时光和少年时光何其相似。一样的安静，一样的寂寞，却又一样的满足。在那样的少年时光里，常常独自混迹于夏日青草间。在草丛中捉蛐蛐，奔跑，自由嬉戏玩耍，那是我童年的乐园。回忆起来，眼前满是青草的影子。

　　又回到少年时那样的心境，真好。无所求，亦无所牵绊，心如止水，满足于每一个安静时刻，享受生活之外的宁静与安详，让思绪如少年时自由飘飞。寂寞于我，是一片充满色彩和遐想的世界。寂寞，更像是一首诗，只等我触动心灵的火花，体会出绵长的韵味，带我去时光之外的世外桃源流连、观赏。

低　飞

　　渐行渐远，终于慢慢懂得回味与欣赏，不再急于奔忙。过去那些意气风发的热情已经渐渐淡出，转而变得平和，内心像一汪平静的湖水，偶有微澜荡漾，静谧无声。

　　我开始体会到沉静之美。平淡中也有闪亮的光点，细碎的事物里也有绝美的片段。华丽固然让人着迷，朴素也有一种平实的淡淡芳香，恒久不散。过去不曾留意的事物，此时渐渐重现在我眼里。我从那些不起眼的事物中，发现它们不一样的光彩，感到一丝喜悦。

　　从前，我不知道生活是什么，现在，我也许明白，生活就是从千头万绪的纷乱中找出那些美好的情愫温暖内心，让单调的日子也能充满光彩。否则，生活还有什么可以值得留恋与期待？

　　我开始放慢生活脚步，认真体会细碎、平淡之美，从低处感受生活。我相信自己找到生活的金钥匙，只需转动开启，便可以轻轻地拥抱生活，流连于另一片深远的诗性天地。在我眼中，一棵斜倚在半空中的树，一条曲折蜿蜒的小路，一片飘落的叶子，都成了可以细细品味的美。

有时，我想，我是一只纸飞机。带着虚幻的美好情思飞越时空界限，飞过树林，飞过城市高楼。纸飞机轻盈地滑翔着，打着漂亮的回旋，带着梦的气息，在阳光的照耀下显得异常明亮，而身后的背景——黯淡、模糊。纸飞机冲出生活重围，飞向没有任何障碍的蓝天。

我希望，我永远是那只纸飞机，永远可以随时随地起飞，暂时飞离现实，领略尘世之外的宁静，感受滑翔带来的自由与轻盈。

此时，我确信生活仍是美的，尽管它还有许多不和谐的声音，但我更愿意看到它美的一面。这些细小的美也许微不足道，但不能不承认，它能带给我愉悦的感受。从前那些虚幻的理想泡沫，现在只觉得浮华。生活就是极其实在的一点一滴，而不是什么金碧辉煌的宏伟建筑，生活的美就是由这些点点滴滴汇聚而成。当我懂得这些时，知道自己已经找到正确方向，找到那种低飞的感觉，尽管它还不明确。

我开始领悟到缓慢、悠长的好处，逐渐感受到它的深邃之美。我该学会诗人的情怀，徘徊吟唱，咀嚼每一段时光里值得留恋的光影与事物，尽管我根本不会写诗。我知道，那也是种低飞，会让我更质感地接近生活，触摸生活，融入生活，把握生活。

走在路上，我常常会驻足停下，欣赏某个角落、某种事物在某个时间、某个角度、某种光线下的独特之美。我像是照相机，在不停地定格生活瞬间。除此之外，我的脑海里常常浮现胶片的镜头，在添加我的幻想后，那些定格的画面也会变得鲜活。"咔嚓"一声，生活到处都会是美。

我开始喜欢独自徐徐而行，用舒缓的脚步丈量生活。我确实在平淡的日子里感受到舒心的宁静，对个体心灵来说，我是富有的。当房里柔和的灯光洒落一地时，一片静谧，我仿佛是在灯光中诞生，觉得自己是在九霄云外，开始回忆与思索。那时，时间与我无关，现实与我疏离，我仿佛飞在时空之上，俯视生活。

我开始喜欢一切清淡的感觉。那些高亢、炫目、热烈逐渐退出，转而喜欢深远、曲折、层次，像那精致的苏州园林，每个转弯处总有意想不到的风景。我体会到那些从点滴中流出的含蓄之美，像那动听、富有多层次的和声，有种飘渺尘世之上的悠长韵味让人着迷。不需要激情澎湃，也能在自然流淌中传达出高远的情怀。

低飞，是一种生活姿态。也许，它无助于现实，但它能让我更好地认识生活，不让时光匆匆流走。我愿做那纸飞机，虽然飞不了多远、飞不了多高，但至少还可以拥有飞翔的姿势与短暂的轻盈。

我想，我只是一张纸，但我仍可以飞向空中。

时　间

　　时间，闪着晶莹的色泽，悄然而来，又悄然而去。它是个很美的词，让人遐想。可是，它又是个沉重的词，让人叹息……

　　时间无涯，既是起点，又是终点。时间永恒存在，却又在不断消逝。可是，当它清晰地出现在我们面前时，是多么让人感慨。在时间面前，我们都只是短暂的一瞬，那是多么无奈的现实。

　　时间是一幅空白的画，它把自己交给我们，由我们随意勾勒图案、涂抹色彩。我相信，每段时间都有色泽，即使一片空白，也会有单调的浅白色泽。我始终赞同，赋予时间色泽的想法。当你能够发现每段时间都有色泽，那么我们无疑没有虚度，看到一路走过的风景。我们甚至可以说，我们是如此清醒地活着，没有让年华白白流走。

　　时间，是那么让人感伤。有时会想，时光匆匆的依据是什么？时间恒定存在，我们可以用秒针清晰地看到它的流逝，但把时间划分成时、分、秒就一定准确吗？假如可以丢弃一切意识到时间存在的事物，那么我们会觉得日子更美，有种天长地久的感觉。但那不现实，因为我们不是永恒的，我们的一切都有结束的时候。

时间从来不曾改变，改变的是我们。

当我写下这句类似箴言的话时，有种心酸的感觉。回首过去，是件艰难的事，但很有必要，你相信吗？

现在，我忽然明白，时光匆匆是因为我们与当时的生活存在一定距离。还记得那美妙的童年吗？那时家里经济困顿，没有玩具，没有可以支配的零钱，甚至没有什么玩伴，但依旧过得有滋有味，十分愉快。我常常在一个人的世界里寻找到许多乐趣，对身边的世界充满热情与好奇，总期待着生活又能带给我什么新的惊喜。我觉得儿时的世界很小，但充满童话般的奇异色彩，一棵树，一个小玩意，都是一片神奇的小天地，蕴藏着多彩世界。那时，时间好慢，从来不曾感到时光匆匆。每个夏日午后，简直是奢侈的时光盛宴，似乎漫长得遥遥无期，时间好像停止。那时没有时间观念，想来也是一种幸福。

我仔细地想了想，知道童年为什么会过得比较慢。童年有更多快乐的事情，让我们从内心深处认同、喜欢，让我们经历更多美好事情，记住更多年华里的闪光片断，因此留住更多时间，让我们觉得漫长、有趣，它和我们的内心融合得更加紧密。但长大后，我们发现，生活并不像童年所想象的那样纯色、透明，生活现实就是一场不简单的考验，是一团杂色。不管你承不承认，生活里总有许多不容易。

于是，生活里能够让我们会心一笑的事变少了，能够融进内心的事物也不那么多了，能够承载我们年华的闪光片断也少了，那些美好时光变少，时光匆匆开始显现。当我们感到时光匆匆，也许，我们已经在一定程度上虚度了时间。

有时，不敢想象，时间是怎么一点点地从身边流逝。当我坐在车上，看窗外的景物飞快掠过，这就是时间在飞逝吗？常常想，几年前，我还拥有青春年少，还和昔日好友在一起玩乐；几年后，我就走到青春尾声，即将到达三十，而昔日的好友早已天各一方，渐渐疏远，身份地位都有了天壤之别。这其中的转变是这么让人迷惑，似乎一下子就走到今天，但在这其中，我失去了什么，又得到了什么。

  时间中的一切都是唯一的。连人也不再是当初的自己，那稚嫩的少年早已不在，只在记忆中重现。时间，需要我们涂抹色彩；时间，需要我们好好对待。时间，应该是一种理性存在。那么，当我在时间里做自己喜欢又有意义的事情时，时间就显得那么具体真实，可以触及。

寻找远去的蔚蓝

渐渐漠然，你是否还抬起过头仔细看着蔚蓝的天空发出一声赞叹。那种蔚蓝很梦幻，让人遐想，但无法触及。

我觉得它很美，但不真实。与周围环境相比，完全是截然不同的色调。如果长久地注视天空，会以为自己在做梦，但这梦不能过长，不能太认真，否则就无法一下子适应身边事物，甚至连眼睛都会感到疼痛。

不过，我体会过真正的蔚蓝，那是在青春年少的日子，就像歌词所唱："那时候天总是很蓝，日子总过得太慢。"那时，我确实长久地注视过蔚蓝的天空，没想什么，也不知道该想什么，只觉得那蓝色很好看，隐隐地，有种莫名的喜欢、悸动在内心滋长，蔓延。那时真是风轻云淡，天空无限辽阔，只想静静地贪享这份令人舒心的宁静，仿佛世界都在我心。

当时的日子就像是画一般的线条与色彩，那么让人动容，充满好奇与兴奋，总有无尽的热情可以燃烧。那是有如大自然般的风景，远远地构成一幅写意的田园之画：一片漫无边际的金黄稻野，还有点缀田野中的青绿小树，一条清澈小溪从田野边汩汩流过，一条小路深远地躺在大地怀里……

每次想起那些日子，心总是暖的，多好的年华，却又那么短暂。童年，青春，构成人一生最原始的基点。那是柔软的质感情愫，透明，纯净，让人时时心存光彩，永远沐浴在阳光中。我相信，每个人都曾在内心最深处为它留过最好的位置，只是有一天，开始渐渐淡忘，不复存在。

真的，它并不那么重要，从现实层面来说。没有它，我们照样能活得有滋有味。真实的生活不大需要这种情感，生活首先是得到物质，通过某种方式获得具体可感的东西。

于是，蔚蓝渐渐被遗忘，有一天，我对自己说，我该找回那种远去的蔚蓝与明净，重拾那份心境。我需要安顿好自己，才能做其他事情。但又有谁敢说，关怀自己就没有意义？

现实突兀而来，我保持一丝清醒，不让它淹没我全部的感受，否则，生活将沉闷无趣。当我听到一曲悲歌时，总会被深深感染，觉得自己被理解、抚慰。那时，我仿佛找到那种蔚蓝的感觉，顿时觉得心境空明，生活仍然值得去追求和期待。

我只知道，我需要那种明朗的蔚蓝，用来暂时休息，再跑向风雨。我拥有的东西很少，生活还无法安定。我审视自己的生活，是这么贫瘠，如果没有蔚蓝的情愫，又该如何面对身外的生活？

在深夜，我看着窗外闪闪明灭的霓虹灯光，感到几丝清冷，又感到几许安然。我欣赏那漂亮的七彩灯光，虽然不属于我，却仍带给我愉悦的视觉感。我该去寻找生活的闪光点与细微之美，即使不属于我。我把生活当作风景欣赏，于是，我便能看到更多的诗意与快乐。不论是人，事，物，都值得去珍视。我不停地回想、挖掘过去的闪光片断，只想告诉自己，别忘了曾经的纯与真，那是人一生永远不老的源泉，也是人一生的心灵依托，可以在任何时候温暖自己，驱赶现实的严寒与冰冷。

静下来时，想象那蔚蓝的感觉，觉得心充实。物质的富有却不能完全满足我们心灵的需求，于是，很多人都在感慨、寻找。高楼林立的现代生活，用一道道墙阻隔了人与人之间的距离，无法逾越，也把每个人都安放在小空间里。有的人不甘于此，开始远行、寻找，但最终，他仍要回归自己。

　　有的人在文字里找到了，有的人在艺术里找到了，有的人在平凡的事物里找到了，但不管是什么，他们真正找到心灵的归属感，真正拥有那片高而远的蔚蓝天空。

你那深邃的目光

走吧，永远不会有人懂得你那深邃的目光里到底有什么，甚至连你自己也无法说清楚。你的眼里永远有种寂寞的气息在弥漫，很容易感染别人。于是，你总是一个人静静地走着，眼里只有风花雪月似的事物与氛围，其他一切都可以被过滤。你并不想标新立异，去求得别人关注，相反，你总喜欢走在最边缘，不想被人注意，宁愿把自己隐藏在最深处。

有人马上投来异样目光：你是小资派，甚至是无病呻吟。其实，你比谁都清楚，自己到底经历了什么。很多词语，在你这里得到重新解释与重建。比如，风花雪月，并不全是浪漫，而是转化成一种始终都可以欣赏的美，沧桑、苍老、叹息都可以是美，像那斑驳脱落的老墙，褪色的老物件，褶皱的脸庞等等。

你坦然，不像以前，一定要得到别人的认可与理解，但你也无意做一个奇特的人。因为你知道，过普通人的生活才是种幸福。一个人越是追求唯美，必然也经历了越是丑陋的事。其实，你一意追求明净、纯色，只不过是要让自己活得更有活力，让生活更有光彩。这样一来，碰到任何生存现状都可以继续下去。因此，你把自己打磨得优雅，要让内心丰盈起来，才能更好地迎接身外的喧嚣与纷扰，不丧失期待与阳光。你有一种优美的生活方式，比如：写字，听歌，拉小提琴，坐在午后的清风里看书等等，一种种梦幻词境让人陶醉，掩去现实，在这样的情景里，谁能不感到活着真好呢？你连文字都很漂亮，从来不会让一个丑陋的词出现，构筑词语的天堂。你只喜欢这样，不愿被外在无聊的东西所牵引。你只是你，但你也在这自我漫长的思索中获得自由，于是，你能款款而行。寂寞深处，才是一个人真实灵魂所在，就像小提琴高亢的E弦，手指越往高把位移，那高音愈加深邃、悠远、有力。

你在关怀自己，懂得这样做的意义重大。自渡之后，方能渡人。一个个体能安详地存在，那是件了不起的事。但你并非漠视他人，而是无法为别人做出大的帮助。你不会用什么"达则兼济天下，穷则独善其身"这样的话表达自己，生活实实在在，任何事情也都可以实实在在。对你来说，力所能及地为身边可亲可近的人做一些事，就是最具体的，完全不用什么口号宣称，自然而然，这样才会自然、舒心、愉快。比如，给别人一个善意的微笑，用真诚和别人交往等等。

你的目光并非虚浮、迷离，相反，你正越来越逼近生活的本质，把自己放得更低，同时也看到更加宽广的世界，你只是喜欢用干净、好看的封面包装自己，让人总以为，你缺乏一些有分量的东西。但是，当生活里那些冷漠的目光刺向你时，你坚强无比，转身离去，你只想着"人性"两个字。

生活对你永远是一个谜。每个年龄都是一个等待破解的谜，其实，这个谜没有答案。你只想抵达自己生活的真相，然后找出一种最好的生活方式。你的茫然、迷惑永远都不会减少，但同时，你也懂得更多：什么是该珍惜的，什么是该放弃的。

你徐徐而行，喜欢舒缓的脚步，以便感受更多的事物与内容。你喜欢听那些有些落寞但又异常坚定的旋律，那是和你内心类似的声音，你常常在这样的乐声中迷蒙了眼睛。你喜欢书写，表达心迹，转过文字丛林，到达理想天国，沉淀自己，升华自己。你喜欢和谐、安宁，多希望这个世界没有苦难，岁月静好，你不想陷入纷扰与无聊中。

花开成海，你在想象、也在期待自己的生活也能如此。你只是抱着一种美好期望，但你清楚地知道，那只是种幻想，但如果没有这样的念想，生活将是朵渐渐枯萎的残败之花。

你依旧孤独，但并非喜欢孤独。孤独是一种药，长久地沉浸，却会让人走向歧途。你比自己的影子更寂寞，但你的笑容仍然可以灿烂无比。你只想平静地活着，在进入与走出两种状态中，都可以游刃有余。你在寻找更多的闪光点，以此照亮自己并不美的有限生活。

你的目光依旧深邃，但有光彩。你是一个生活的旅人，路过风花雪月，路过沧海桑田。你累了、疲倦了，需要休息，就地躺下，像个孩子，在落日暖暖的阳光中甜甜地睡去，在梦里回味着这一趟丰富的生命旅程。

大地安详

转眼间，旧的一年又将过去，新的一年又将到来。"一年，又一年"，真是形象、透彻的形容，却又让人充满感慨。一年又一年，你可以很轻松说出，也可以沉沉地叹息，全看你在现实生活中的处境。

时间飘忽而过，就像握在手中的沙子，总会从指缝间悄悄滑落，而你，永远也无法抓住它。时间，流而不动，悄无声息。时间，永恒不动，动的是我们，变的是我们。我们在时间面前显得渺小、卑微。这是永恒的真理，我们都必须承认，并且敢去面对。否则，谈何人生，谈何生活，谈何心灵。

岁末年终，总有许多话想说。旧的一页即将翻过，看着墙上的日历一页页被撕去，日渐稀少，总是心生失落。谁说不是呢？

一年又一年，叹息中又充满了期盼。不管现实如何，当我们即将告别旧的一年，心里总会毫无道理地对来年充满憧憬与希望。这是多么有趣的自我期待与安慰，这真的很好，并非毫无意义。从字面上看，告别过去，就意味着可以终结所有旧的裂痕，一切都将有新的开始，显得朝气蓬勃，似乎一切都可以推倒重来，从一片完整的空白开始重新书写。这种感觉，让人有种豪气，心生快意。于是，我们在叹息过去的同时，又在内心给自己增添一缕明媚的阳光。

可是，生活就是生活，总会给我们许多意外。当初的许多美好幻想，总会化成虚幻的泡沫，虽然绚丽无比，但并不真实。它们冰冷、锋利、迅疾、无情的破灭，总让人难以接受，甚至难受。但有的人说："在指望中要喜乐。"我一字一顿，慢慢认真地读着，顿时感觉到某种力量。

是的，在指望中要喜乐，纵然前路星光黯淡，迷雾重重，也要坚定走下去。这喜乐，就像崇高的信仰，发出光彩夺目的神性光芒，指引我们不断追寻。纵然所有指望都不可能实现，但在这过程中，我们没有失去自己，仍然迸发出强大无比的热情，绽放着属于自己的璀璨光芒。一颗黯淡、毫不起眼的星星无所谓是否被人注视，它只为完成自己。当它能完成自己，它的生命价值就实现了，了无遗憾。即使永远身处"困境"，它也不会被湮没，以另一种独特方式存在，但它无意证明什么，或者解释什么。那时，它不需要被认同，只为自己安详而丰富的内心活着，这就是全部。

强大的是生活，弱小的是我们。但有时想，究竟什么让我们感到悲伤、苦痛、难过呢？总会有某些具体的事情存在，才会让我们难受。那么，当我们感到难受时，我们也许就是"弱者"。对弱者来说，生活就是一种长期忍受的过程，必须具备一种坚忍品质。不管是谁，都不可能永远是强者。

我想，弱者的产生大概是因为生活中存在着许多缺陷与不足，乃至不合理的地方。我们万众一心地追求和谐，这大概也是一种证明。那么弱者要爱惜自己，不要糟蹋自己，正因为无所依靠，所以才要更好地生活。正如佛所说："自以为灯，自以为靠。"如此，也许我们就不会在一年又一年的轮回中叹息。

神说：要有光。于是，就有了光。

这光，就像我们的指望，是我们的希望与温暖所在，有了光，我们就不会再迷失。虽然艰难无比，但终归走在一条正确的路上。有风尘，有雨雪，有寒冷，但也有风景，有明媚，有温暖。所有一切，都将成为一种历练，而你的内心开始变得强大。你不一定在现实的物质中过得如意，但你丰富而强大的内心能让你活得安详，也必定能安妥好自己的灵魂，不让它暴躁不安，而是充满安宁。因为，人永远需要精神支撑，而不仅仅只是物质。一年又一年，但愿，岁月永远静好，大地永远安详。

第二辑　人生之旅

人生的旅途

　　当我写下"旅途"这个词,眼前浮现的是辽阔的场景。一列火车正在向远方急速奔驰,路过金色田野,还有那些静默的绿树,慢慢流淌的小溪。再也没有什么能比火车更适合旅行,轰隆隆的车身震动声反而让人觉得更静,没有这声音,你会静不下来。那一刻,在车窗前坐定,看窗外美景,或在一本书里流连,这也许就是旅途中最惬意的时刻。那种宁静、遐思,足以让人沉醉。

　　我设想的旅途就是这样。它很诗意,代表着轻松、愉悦、明亮,如那些色彩明丽的风景,是那么令人向往。在旅途中的人,也许永远希望在路上,那是近乎远离世间一切繁杂的空间,似乎连时间本身也从来不曾存在。旅途,是那么诗意、安宁。旅途,也许就是对现实生活的一种远离,但我们都喜欢这种短暂离开。而人生也都能称为旅途吗?当一个人始终笼罩在一种清冷氛围里,要面对许多的难处时,他不会有旅途那样的风景与惬意。对他来说,生活更多的是艰辛与不易。连快乐都是奢侈的高档消费品,而那些狂欢、华丽却偏偏在他身边不失时机地上演,几乎吞没他所有的感官,快让他没有思考空间。

  他不是没有快乐,只是很少,很小,微不足道,在别人眼中甚至算不上快乐,但对他来说,这已是不容置疑的心灵之光。他只能小心地呵护这一点星星之火,以温暖漫无止境的孤独与寒冷。他像动画片里的《猫和老鼠》,在小小的世界里营造自己的纯粹之美,简单之美,近乎童话,从中获得快乐。他痴迷于在记忆中追寻过去美好的光影与故事,希望能还原出当时所有的一切声色光影,乃至每个细节。那一刻,他是苍老的,尽管他还年轻,却早已沉淀了岁月泛黄、沉重的颜色,可是没有谁能够了解。

  而以后的漫漫人生又该如何?也许,还是只能把人生当作旅途来看,这样才能看到生活的色彩与光芒,人生也才有存在的价值与乐趣。有时想,假如一个人注定要面对很多的生活难题,那么他所能做的也许只有自我安慰,并寻找那些无足轻重的细微快乐抚慰自己,照亮身边的生活。除此之外,还能改变什么。当落寞已无可避免地成为一个人生活的主旋律时,不用惊讶、怀疑,这同样真实,同样是生活中的一种,只是从没被我们正视。我们已习惯口号,缺少这样的思维。一个弱者,是没有能力去抗争强大的现实。他能做的只有安抚自己、鼓励自己,继续坚强走下去,忍受生活的许多艰难,却从不对别人诉说,甚至要承受种种奚落。他只是独自承担,在平静朴素的外表下,内心却有过许多剧烈的挣扎与呐喊。直到有一天,他能够克服这一切,接受这一切,他才会真正平静下来。那时,我觉得他是了不起的,令人钦佩,而那种精神永远无法用物质衡量。

  当他走到这一步时,已经拥有坚韧。只要日子还能继续下去,他就不会放弃。所谓的苦与难,已不那么可怕,而是需要更多的耐心与勇气来应对。那时,我觉得他有禅一样的心境。他同样会烦恼、忧愁,但他能够坚强地支撑这一切。慢慢地,他的生活变得更实在、具体。那一刻,一路走过的苍茫已淡化成一层浅浅的背景，不再浓墨重彩。也许，这就是"也无风雨也无晴"，但他同样需要温暖，只要一点点就能让他满足，快乐。卡夫卡说："谁保持发现美的能力，谁就不会变老。"这也许就是最好的救赎苍茫现实的方式。

有时想，这样的人又是柔软的。当一曲落寞的悲歌响起时，他是脆弱的。他只能在暖人的悲歌中寻找被理解的感觉，而现实生活里永远没有。那一刻，他是多么孤独！但这就是强悍的命运，他想选择，可是无法选择，这是多么残酷的法则，而他恰恰无法离开。只有身处这样的境地，才能真正看出一个人是否坚强。

我想，他的艰难大于常人，并不容易面对。真正的难不是因为物质匮乏，而是精神的拷问，就像慢性毒药，总是常常发作，让人难受，而你无法逃离，却有说不出来的无助与疼痛。

他是身处在最低处的人，认清自己所处的位置，于是安下心，做最卑微的事。他没有绚丽与繁华，只有最最平淡的琐碎生活。从物质上，他必须舍弃一切奢华；从精神上，他必须比别人更宽厚、丰盈，否则无法面对贫瘠的现实空间。他只能靠精神上的光彩升华自己的生活，求得心灵的平静，这是一件多么困难又是多么伟大的事！他不一定能把它完成得很好，但他去做了，他确实能够在一定程度上超越生活。在一定程度上，已值得可喜可贺。而我也相信，他必然更关注于生活中的平凡之物、平凡之事，一个小物件、小细节都能成为他的快乐来源，他也因此获得心灵的满足与喜悦。最低处，同样也有风景。

当我把人生想象成旅途时，整条人生之路都有了动感，富有诗意，仿佛自己永远都在惬意的火车车窗旁。我仿佛又看见湛蓝的天空、金黄的原野、轻盈的白云、广阔的大地，听见火车的轰鸣声，一如我童年的遐想，是那么纯真而美好。我回望我的过去，那里并非一片荒芜，仍有闪亮的光点在记忆中闪耀，那就是我一路走来留下的珍贵印记，值得用一生守护的记忆。它们已化入我的内心，成为定格的画册，成为我一生的心灵基调。

每一天都是一段旅途，我们不断地抵达，又不断地离开。其实，这平凡的一天同样珍贵，因为它也是唯一的。离开了，就再也回不去。每一天，我们都平平淡淡而过；每一天，我都告诉自己，要抓住仅有的几点色彩来丰富自己的人生，不让日子飘忽而过。我开始感谢那些让我感到舒心、惬意的一切，它们就是上天给我的恩赐。没有它们，我将一无所有，茫然无措。这也许就是一条让人依旧能充满热情的希望之路吧。

而今，当我重新找到一个新入口走进生活时，我重获自由。面对未来，我没有看到一条坦途，却看到更加真实的现实。我想，我们都要做一个坚韧的人，用耐心应对一切，用微不足道的美照亮现实，让心灵更加丰盈，让人生更有光彩。

人生的旅途有限，而心灵的旅途无限，我期待自己能够抵达那个梦想中的彼岸世界，完成一段段有价值的旅途，让人生变得更加宽厚。

心中那片蔚蓝的海

心中始终藏着一片蔚蓝的海。那种海梦幻唯美，但真实可及，就像我们常常在电视上看到的那靠近海岛沙滩浅浅淡淡的泛蓝海水。像是用颜料染成，蓝得那么纯、那么澄澈通透，可以一眼看到沙底。海，带给我们的大多都是绵绵的诗意与遐想。

小时候，我最先从书里认识海。书里的海总是神奇，有许许多多生物与奥秘，它的优美、辽阔总让人产生无尽向往。对那时的我来说，海很神秘，无比博大与深奥。那些描写海边情景的文字，成了我最初对大海的印象：有好看的沙滩，有一阵阵冲上沙滩的海水，有清爽怡人的海风，有洒落在沙滩上与石头角落的七彩贝壳。最后，还有灿烂阳光映照海面，有蓝天白云映衬，有海鸟在上空飞翔，有阵阵涛声回响，有椰树等热带植物遍布岸边，这一切都让海增添更迷人的色彩，构成一幅绚丽多姿的大自然画卷。及至后来，读到那些航海者在海上的探险故事以及什么孤岛、神话传说等，更让我觉得海简直充满魔力，不可思议，让人着迷。

那时，很想去海边的原因是有漂亮的贝壳。这是每个孩子的愿望，尤其是在那物质相对匮乏的 80 年代，而且我那时没钱买玩具。书上那些漂亮的贝壳图片就像一个个闪着金光的梦，不停地勾挠着我的心，让我一次次地幻想大海的样子。读四年级时，学校组织一次秋游，我终于来到梦寐以求的海边。

第一次见海十分兴奋。老远就听见海的阵阵波浪声，当我们远远见到海时，就开始议论不停。等到越来越近时，大家兴冲冲地加快速度，有的索性跑上去。踩在又软又细的沙滩上，舒服极了。我们纷纷脱了鞋，蹲下身来摸这与众不同的沙子，对从小生长在县城的我们来说，当然新鲜。有的干脆抓起沙子，乱扔一气；有的索性就倒在地上翻滚，玩耍。当然，我们还是挽起裤脚，小心翼翼地走到海边戏水，让海水滋润我们的小脚丫。海水没过脚时，感觉有些痒，又带来一丝丝清凉。我们在海水浸过的沙滩上走出一行行稚嫩的小脚印，这是我们留给大海的印记。有时潮要涌上来时，我们慌忙跑上来，仿佛在和它捉迷藏。

我先在海边走一小会，就连忙去找贝壳的踪影。但天气不好，没有阳光，阴着天，风有些大，老师不让我们太靠近海。于是，我似乎总也找不到贝壳，只看到一些碎片状的贝壳残骸。我不甘心，走上来，去沙滩旁的那些石头缝里寻找。果然，找到一个大贝壳，粉红色，扇面形状，上面有竖状条纹，色彩纯洁，没有杂质，一如大海的唯美。我如获至宝，满足地藏在兜里。这更激起我的热情，不停地把手伸到石头缝里寻找，总算找到几个，没有白走这一趟。

回来后，我把这些贝壳放在玻璃瓶里，倒上水，再放上些石头、水草，也是一个有趣的世界。我时常望着它们发呆，把它们放在阳光下，有时把手伸进去把玩，触摸它们的外壳。我时常做梦，想象这些贝壳当初是怎样在海底生活，经历过怎样一番磨难，最后被冲到岸边。想着想着，我就乐了，获得满足感。只要有空，我总喜欢看这些贝壳，看见它们，仿佛就看见大海，并且定期换水，仿佛它们真的有生命。

时光流转，人世匆忙。生活的忙碌与复杂渐渐疏淡了我对大海的念想与向往。直到两年前，我才又一次来到海身边。

　　一切都不是有意而为之。因为到厦门参加培训，晚上无事可做，一个人外出走走。忽然发现，不远处有海，于是欣然前往。这里的海边很热闹，位于岛内思明区书法广场旁，正是城市中心区。人头攒动，熙熙攘攘。有的在海边游泳，有许多孩子在沙滩上玩耍、堆沙子，有的在打球，有的在海边走走，有的躺在沙滩上，好一派热闹景象，男女老少都有。我坐在地上，抚摸着细细沙子，却感到很安恬，内心极其宁静。

　　忽然被这样的景象迷住。心想：这样的海多好，不冷清，不会高处不胜寒。那时，我虽然寂寞，但假如要我永远在那里寂寞下去，我也愿意。因为这是繁华中的寂寞，热闹中的寂寞，恰到好处。相比乡村大海，这里的海显得柔软，有人情味。那些年，我正经历生活的种种阵痛，内心极其失落、难过，对生活充满迷惘。而那样的海，恰好温暖我的心，让我心动不已。

　　我就那样坐着，感受夏夜的海风，感受这热闹的氛围，感受这澎湃的海浪声，对海的向往再次从内心升起。海激起我身上多年未曾见过的激情。我卷起裤腿，拎着鞋，决定像个孩子，走到海边戏水。我一个人在浅浅的海水里走着，甚至是深一脚、浅一脚地跳着，像是在和水嬉戏，任海水打湿我的裤腿。我也把这样的海，深深地藏在心里。但我知道，这一切都是短暂的，我不可能在这里永久住下来。但我们都希望有属于自己的一片海。

　　海子说：面朝大海，春暖花开。那是多美的意境与画面，却是可望而不可及的奢望。有几个人能有这种幸福，可以远离生活，整天惬意地面对大海。有的人有，他们购买豪华的海边别墅，把房子的整面墙做成透明的落地窗，于是真的可以面朝大海。不过，他们繁忙的身影证明，事实上，他们也只是短暂、匆匆地面朝大海，并不能真正领会大海之美。

现在，我突然能理解人们为什么喜欢大海。电视上经常出现人们在沙滩上晒太阳，一派悠闲自在的样子。有的人更是拿着滑板在海里惬意地冲浪，驾驭海浪，他们更像在海上飞。这样的感觉一定很痛快。还有那首《外婆的澎湖湾》："阳光，沙滩，仙人掌，还有一位老船长……"看这歌词，叫人留恋，浮想联翩。这一切只因海代表着一种视觉之美，有一种更好、更干净的环境与辽阔之感，让人心里变得舒坦，心胸开阔，什么事也都可以暂时释然。而海恰恰满足人们这样的期待，海成了人们赞美的意象。

忽然想起海明威的《老人与海》，我不愿从什么文学背景或者任何专业分析的角度看待这部作品。我只愿纯粹地把它当作一部温暖的小说来读，当成一片只属于老人的海。是老人自己营造的一片海，是老人征服大自然的海，是老人想要的海，是老人的天堂与乐园。老人，就是这片海的王者，可以主宰自己的一切，不必再被任何外力所牵绊与击伤。哪怕最后，老人捕获的鱼照样被鲨鱼吞食了，但他没有失败。如此，这样的海才别有生气，让人敬仰。

我也希望能有老人这样的海，那才是真正属于自己、并且有实在意义的海。我知道，我不可能住在海边，但心中始终萦绕着它。

"海上生明月，天涯共此时。"这是我向往的海。浩淼无边，明月相照，人在天涯，壮哉，美哉！一叶扁舟缓缓地从海面上飘过，这是诗意的海，可以让人沉醉，忘却人间烦扰事，也是一种慰藉。我还希望，可以像画家那样，坐在大海前，用七彩画笔，一笔一笔虔诚、庄严地描绘出它的样子，与海共在。

海，不过是种象征，能不能与海为邻并不重要，重要的是我们的心灵深处是否拥有属于自己的"大海"。

独自歌唱

很多年了,终于不再害怕寂寞,甚至还有点喜欢。孤独,算不上什么大事,当你能够安顿好自己的心灵时,一切都可以接受。为什么就不能自己独自歌唱呢?

这种感觉其实也很好。因为心静了,万物都在我心,安详而恬静。那时,连灵魂都是通透的、干净的、安宁的。没有过去,也没有未来,只有当下这一刻。尤其在夏夜,可以一个人在公园里慢慢地走着,仿佛那是自己的后花园。那种氛围好极了,有了夜色,没人认得出我清晰的脸庞。有了夜色,似乎空间一下子变大,引人遐想,浮想联翩,诗意盎然。有时走着走着,我会很舒展地张开双手,像要飞翔,或者要拥抱点什么,我觉得这样身心会很舒坦。

有一天,我在公园里碰见激情广场文艺晚会。我很喜欢艺术,本身喜欢音乐,因此这样的活动都会看上一小会。老实说,节目还不错,虽然不多,但也精彩。于是,我一直站到整台晚会结束,尽管中途还下起零星小雨。

我竟喜欢上那泛黄的舞台灯光，温暖的，明亮的，贴心的。音乐不错，不论是笛子演奏，还是几位歌手唱歌，颇为悦耳。我在这样的光亮与乐声中度过一个夜晚的黄金时间，并不觉得这样浪费自己的时间。我看见一群孩子在表演小提琴，想起过去和父亲学琴的日子，勾起一段绵长的快乐回忆。想着想着，心里感到一丝惬意，回忆往事是一种幸福。

　　我还看到一个颇有古典气质的女子，尽管只能看见她的侧面。她长得挺高，穿着紫色长裙，长发如瀑布般自然垂下，她的美让我有些心动，很想和她认识。不过，这不现实，这又是我在幻想一篇美好小说的开头。对我这样未婚的人来说，这实在是个很好的想象。

　　后来，她大概发现了我，有时转过头瞅瞅我。我不想让人误会，开始把目光转开，但至少那晚，她带给我愉悦的视觉感。我对任何美妙的东西都十分喜欢，一棵树、一只鸟都能让我心动不已。宁愿把一切东西都在想象中变得更美、更夸张，以此充实、点染、丰富内心世界，让心灵多姿多彩，但我很清醒，那只是一种想象。现实，可不能这样。永远不能把想象等同于现实，否则，必定会吃苦头，我已在生活中领教多次。

　　晚会结束后，我的心情好极了。一路走，一路想。我觉得很舒服，虽然我仍旧孤独。我想起蒋勋的一篇文章《淡，才是人生最浓的味道》，心中回荡的是中央电视台《子午书简》中，主持人李毅朗诵这篇文章的磁性声音；还有那恰到好处的琵琶背景音乐，一声一声地撩拨着心弦，散淡极了。就像一个人在一边喝酒，一边看着月亮。这篇文章写苏东坡被贬黄州时，处在那种落寞、卑屈的环境中，而他很坦然、闲适的心情。那时，因为政治原因，朋友都离他而去。过去，他很得意，是全天下的大才子，大家都要崇拜他。但落难黄州后，他却很平静，觉得自己也可以很平凡，为什么非要追求那些虚幻的光环呢？甚至有一天，他被一位壮汉打倒在地，并被壮汉不屑地说道："什么东西，你敢碰我！你不知道我在这里混得怎样？"壮汉不知道这个人是苏东坡，但他居然毫不生气，反而笑起来。忽然觉得这样的文章颇符合自己的心境,一下子击中我的心。

　　曾经,我也遭受过生活的许多疼痛与难处,连那种年轻人不该有的沧桑感也出来了。后来,我懂得这就是我的生活现实,无法同任何人比较。而我只能安慰自己,既然这是自己的生命轨迹,那么以后一定也会有它该出现的结果。后来,我渐渐地放弃许多奢望,放弃一些遥不可及的梦,放弃一些无奈的现实。当我这样放弃时,心里渐觉舒坦,不就更平凡、更卑微吗?为什么就不能接受平淡呢?

　　令人遗憾的是,我的朋友很少,其实并非不想结交朋友,而是好友难寻。朋友间最重要的是彼此性情接近,趣味相投,并且懂得互相理解,不给对方增加不必要的要求与压力。而现在,人与人之间的关系已不那么单纯。过去,我曾为此懊恼,现在,却很坦然,朋友可遇而不可求,根本不能勉强。既然无缘遇到,那么不妨空着。说到底,人与人之间,不过是个"缘"字,亲情、爱情、友情都是如此。但至少现在,我还有文字,还有一颗比别人都丰富的内心。这是上天给我的恩赐,上帝在关上一扇窗户的同时,为我打开另一扇窗户。

　　想着想着,心里充满温暖,脸上闪出一丝不易觉察的微笑。我的目光是冷静的,但冷静里也有深邃的光彩,不一定要别人理解,只要自己内心安宁就够了。我一边想象着苏东坡晚上在田地里喝酒的情景,一边踏着这样的心情满足欢喜地回家。

　　回家后,和母亲聊聊天,简简单单,生活就是这么实在,从来就不会有那么多的炫目时刻。不久,我又打开电脑,开始写文字,同时放上音乐。写着写着,思绪自然流淌,有如流水,任意所至,心中一直回响起那首散淡的琵琶曲。耳边传来王菲那直透心灵的歌声:"思念是一种很玄的东西……"很快,王菲那沧桑的音色融化了我。我不自觉地停下来聆听,最后和她一起小声哼唱。唱着唱着,我又不自觉地随着旋律摇晃起身体，一直唱到深夜。我得承认，那时的我充满温暖、满足、喜悦、欣慰。

那夜，我所经历的一切，原来就是生活的本质与真实面目。我们，永远都离不开身边的生活。因为它们的存在，我们才能安详地找回属于自己的生活之根，而不必有令人心慌的空。今夜，幸福熠熠生辉。一个人自有一个人的舞台，自己歌唱，自己喝彩。当我们敢独自歌唱时，还有什么能阻挡住我们内心真实的声音呢？当我们安静下来时，一切事物都可以成为可人的风景。为自己歌唱，也为生活而歌唱，然后充满欢喜地感激生活带给我们的所有快乐与美好的一切。

写给十年后的我

十年后，我四十二岁。过了不惑之年，人生应该变得更加真实、从容。所谓"不惑"，就是不再迷惑，而是看清楚生活的许多事情。

那时，我应该比现在更加平静。同现在一样，我更能接受平淡的生活，当一个毫不起眼的小人物，就像满星闪耀的夜空中那一颗极其平凡的小星星，虽然不够耀眼，但也有迷人的光芒。

没有足够多的财富，也没有什么地位与权力，仅仅有一份普通工作，然后围着家人，尽心尽力地为他们和自己创造一种舒适、有意思的生活，这应该就是我生活的全部与重心。既然无法追求到那些令人羡慕的东西，那就退回自己的世界，安顿好心灵，学会调节与平静，这同样是件了不起的事。

十年后，也许我的生活仍会有些清寒，但我却能淡然对待。因为从一开始，我就在简朴的生活中长大。不需要什么昂贵消费，不必和别人攀比，只需要自我的满足。最重要的是，家人却能深深地理解我，仍然十分爱我。那时，即便全世界都对我投来奇怪的目光，我也不会在意，但我仍要为家人尽心尽力地创造一种更好的生活。毕竟，生活需要物质，人不能不食人间烟火，但我愿意用自己的努力与节俭让她们更好地生活。我不会觉得苦，因为一直崇尚那种能够"苦中作乐"的精神。即便生活清寒，但仍然可以用十分俭朴的方式营造出生活的乐趣，这是我的向往，也是一种诗意生活。

我仍然会给爱人送礼物。假如没有足够多的金钱，那么我愿意自己动手学会制作，给她一点微不足道的惊喜：比如，纸鹤，然后在上面写下那些真诚的话。在我看来，这种礼物更有人情的温度，虽然在现在经济发达的时代里，显得十分不合时宜。我会跟她讲生活趣事，我们会一起到处走走，并凭借自己独特的审美目光，跟她说自己所能想到的景象之美与各种情境，让她开心大笑。假如我不能给她足够的物质，那么这是我能给她的最大精神愉悦与心灵满足感。我会在我们之间创造一种有意思的生活，互相拥有彼此的快乐。即便我很拮据，有一天，我也会冷不防地拉她到咖啡厅喝上一杯，要的只是那种环境与氛围。我不想要死板，谁说清寒就要灰头土脸。然后，被她数落一番，我就一脸霸道地说："就是要这样，反正我今天就是要浪费钱，你得听我的。"然后，在我们的小天地里，一起看书，聊电影，听音乐。

我会陪着孩子，和他一起共同成长，记录他的点点滴滴，用影像留存下他成长路上的故事。我会带着他到处走走，和他一起玩耍，细心地观察他的一举一动，记录成册，算是将来送给他的最好礼物。因为那里有他的成长印记。走过童年之后，孩子会渐渐脱离我们，直到最后独立。这是我们和孩子之间最为融洽的阶段，也是孩子最可爱的阶段，一定不能错过这天真无邪的童年时期。

我会花更多的时间和父母在一起，因为他们老了。我会跟他们聊聊天，或者谈谈自己小时候的事，那是父母和我们一定会有的共同话题，用彼此共有的记忆重温岁月沉淀的醇香。或许，我还能从父母那里了解到自己所不知道的事。给父母，也给自己一个温馨时刻。我甚至会特意和他们一起逛街买东西，就像小时候，父母陪着幼小的我，这都是难得的生命记忆，这不常有。有时，只有一次机会。有空，我会带父母到外面看看，然后用相机留存下关于我们的记忆。在他们的晚年，我应该承担更多的关爱与责任。

这是家人，但我仍有自己的天地。我们不单为别人活，也要为自己活。

对那时的我来说，一切早已烟云散尽，早已放弃任何不切实际的奢望，诸如权力、地位、金钱，安安静静地做回自己就好。做点自己喜欢的事，如此可以无悔，大可不必在意身外的声音，只要自己没做错事。

那时，应该有些荣辱不惊的味道吧，就像小时候，哪懂得什么名利，喜欢什么就做些什么。别人会有很多奢侈的娱乐活动，但我的方式同样可以享受到无尽乐趣。每天，与歌相伴，细细聆听，感受歌者的情绪，与之共鸣。我的歌一定是经过精挑细选的，是能够触动人心的，而不是时下的轻浮之声。每天，我都能在音乐中感受到各种丰富情绪，感受心灵的满足与愉悦，甚至能够抚慰我。

每天，我都会上网看画，看各种精美的图片。它们的形象更能激起我内心那些潜藏的美好联想。在这样的读画过程中，是在不断地给自己的心灵添加各种不同色彩。既有感官的，也有心灵的，这是多么惬意的一种方式，不断地丰富自己的精神世界。那些唯美的画面，其实就是梦中的桃源，是被幻化的美丽现实，引人遐思。或者，可以把它当作一个梦幻的童话世界。所有的东西进入画里，都会变得更美、更纯净。笔下的世界一定是被过滤的，这样的世界也是我们梦寐以求的。

那时，我应该还会钟爱文字，会用自己的笔写下世间美好的一切，或者构造自己理想的虚幻世界。在这点上，我一直感谢上天给了我写作能力。它让我活得更充实，不那么空虚、无聊。每次书写，都是心灵的一次洗礼与升华。这就是满足与幸福，也是人们通过各种物质享乐想要达到的感觉。

我还希望那时，有些三五知己，闲来煮茶聊天，交流心得，不亦说乎，大有《陋室铭》中的味道："谈笑有鸿儒，往来无白丁。"不一定兴趣都一样，只要谈得来，人品好就好。不同的朋友就是一个不同的世界，同他们交往，就像打开一个个精彩的世界，领略无尽风景。当然，前提是这些朋友够好。

我还希望，那时可以一个人背着旅行包，到处走走。去看看别处的风景，让自己的生活不那么单调。然后，写下一路看到的见闻与感受，让生命多一种异样的色彩。

十年后，应该向往一种"也无风雨也无晴"的生活。可以平静如水，可以闲庭信步，可以淡看风云变幻。生活一定会有那些灰色让人失望，但我们不能迷失。失望的不过是失去那些更好的发展与利益，当它们真与我们无缘时，或许除了放弃，我们别无选择。否则，徒增痛苦。但我们也不要无奈，而是要主动抵御那些灰色，做一个有正气的人，敢于斗争。

每个生命其实都值得期待，也都可以精彩，重要的是我们是否实现自己的价值，没有让生命变得苍白。十年后，一杯水，一点阳光，都将是生命神圣的赏赐，都值得感激与安慰。

永远没有真正的远方

一

某天，意外地在中央人民广播电台节目听到自己的文字《寻找温暖》：

"恍惚间，忽然想起一个词'远方'，远方到底有多远，远方究竟有什么呢？说起远方，总会浮起诗意的氛围，总想着远方的某个地方会有桃花源似的落英缤纷，有着最纯净的生活。而我，总在想象自己正奔向远方。开始喜欢火车奔驰的意象，在钢轨上，可以快意地奔向远方，一路穿过高山、田野、河流，领略无数的风景，完成最诗意的旅程。

但我永远无法领略许多风景，只是呆在一个地方，每天做着相同的事，极其平淡无味。远方对我，永远只是个梦想。现在，我该做的就是寻找属于自己的温暖，构建一片温暖的内心世界。用温暖铺开钢轨，用温暖催动火车，带着我去那个永远宁静、充满光彩的远方走走、看看。"

六年前，曾把"远方"想象得如此安宁、梦幻，颇受陶渊明《桃花源记》的影响，想当然地认为，远方一定有一个符合我们期许的地方。现在看来，不过是年少时的美好寄托，充满虚无的臆想和天真。我们的生活充斥着许多被过度装饰的话语，成为并不真实的幻觉。得不到的，似乎总是最好；去不了的，似乎总是最美。

对远方的期待，源于一种未知与神秘，因而认为会有许多无限的可能性和美妙的体验。我们也认同，远方一定有些新奇的东西存在，但绝不是桃源，只是一个我们不曾去过的地方。我们感到神秘，但对生活在那里的人来说，习以为常。正比如，别人来我们的地方旅游，而我们，对自己居住的地方早已平淡如水。人们只是通过不断猎奇，不断地满足心灵的期待和愉悦。

远方，是我们完美的虚幻构想，把所能想到的好元素通通融入，因而成为概念意义里的神性存在，成为我们永远不可企及的幻想。现在，到处都是"去远方走走"的口号，似乎不这样，就没真正活过，充满缺憾；到处都是旅行的话语，再不出去，你就落伍了。一句简单的流行口号，就能让人不加思索地盲从。

能去远方走走，当然好，但过度拔高它的意义，就显得造作而虚假。真实的远方究竟有什么呢？

最明确的是独一无二的风景，如美轮美奂的九寨沟，如人间仙境般的黄山，大自然的鬼斧神工让人震撼、迷醉。或有独特的建筑文化、历史文化，如拥有众多古迹的六朝古都西安，打开历史之门，让人触摸久远的时代印记。或是独具地域特色的生活风貌，看看另一种生活常态，体会生活的独特姿态。如西方乡村音乐，最早来自底层劳动人民，是人们辛苦劳作后的休闲放松方式，是大众化艺术，率真、随性，人们唱歌、跳舞、弹吉他，没有任何功利性却真正、纯粹地享有音乐带来的巨大欢乐。或是看看有趣的事物，体会多姿多彩，如展览馆，有画作、雕塑品、手工艺品可以欣赏，带你领略艺术之美。

所有这些，开阔我们的视野和思维，学会用另一种眼光看待生活，让我们活得更宽广、更丰富。这就是远方带给我们的视觉印象和心灵感受。我们还习惯性地一叶障目，看看我们摆拍的所有照片背景，那些当地的美好元素都被集中到一起，其他含有缺陷的现实则被一概忽略，一个绝美、片面的远方印象就这样形成。

远方，不过是游玩时的新鲜体验，在更多人现实层面上，不可能成为承载我们梦想的地方。远方，也有问题所在，如同我们眼前的生活，总会有缺陷和不足。最好的可能是，远方有一个各方面环境都很好的地方，但它只提供良好的外部环境，提供许多愉悦感官的众多元素，却无法对人生活的幸福感、存在感、价值感带来质变的提升。这才是真实的远方。

远方，是我们对现实生活的短暂剥离，是在一个陌生环境里获得彻底身心解放，激活各种新奇思维与兴趣，忘记现实种种生活琐事，卸下心灵之累，让身心轻松愉快，有如重获自由飞出藩篱的鸟儿。

记得第一次坐动车去遥远的外地。在车站，动车发出一声声高亢尖叫，像一阵山风席卷巨大的空气浪潮呼啸而过，令人衣袂飘飞。在明亮的阳光下，弧形的动车头显得俊朗有力，像一颗子弹飞逝而去。整洁有序的车厢，现代化的高铁，明亮科幻似的蓝色金属光泽，舒适的座椅环境，着装严谨、职业、端庄的乘务员，还有那强劲有力、精微深邃、具有清澈穿透力、有如光束般绵长的引擎声，一切都那么安然、有序、自在，让人舒心。

在车厢里坐定，这个封闭空间让我思维活跃，仿佛腾空穿越出现实生活。离开生活的地方，我完全忘却原来的生活环境，期待着、想象着前方会发生什么。这就是旅途，碰巧又是动车这么好的环境，动车飞速行驶却又十分平稳，一切都那么柔软。思绪很自然地往那些美好事物靠拢、想象，我开始想拿笔写点什么，让旅途别那么单调。我想起一些小说故事情节，想象这车上该发生点故事。还真有点小插曲。

我买了站票。没多久，到下一站时，有个女孩上来，笑着对我说，这是她的座。我粲然一笑，好，等我把行李拿开。她说，她到下一站就下车，让我等一会。她脸上透露着友好和信任，这在陌生人那里并不多见，我笑笑。很快，到下一站了。我说，你到站了。她笑得灿烂，起身离开，我很快坐定位置。故事有点平淡，我们心底深处总想当然地期待，能有一段更浪漫的邂逅。其实，根本不会有那么多的绚烂，这就是真实生活。

但旅途，有时也仅仅是旅途。我记得，当我站在车窗旁，看外面的高山、流水、田野时，全然没有诗意。因为它不美，没有繁花盛开，没有壮阔的气势，没有清冽的气息，与从前想象中的氛围大相径庭。不是所有地方都具备诗意，都能拥有类似开往春天的列车。忽然想，我们太依赖外境，还不够强大，还不能安然自若，因而需要这些足够刺激、吸人眼球的方式和途径，才能唤醒内心丰富的情感和想象，才能感受到梦寐以求的乐趣。假如外境平淡、甚至丑陋，我们又将陷入重重低潮与平庸中。我们在起伏变幻的环境前，看到自己的脆弱和无所适从。远方，终究只是一根金灿灿的稻草，却不能抓得太紧，否则将粉碎成尘，也将握疼自己的手。

我们还常把远方理解成地理意义上的存在，远方该是种心灵寄托，有如陶渊明的"采菊东篱下，悠然见南山。"其实很多人误解了陶渊明，他归隐后的田园生活并没有想象中的富足、安逸。他和农民一样，从早到晚从事繁重农活，没有多少诗意的现实条件。简陋、偏僻的地理环境、居住环境，整日面朝黄土，辛苦劳作，"晨兴理荒秽，带月荷锄归"。遇到灾年，往往"夏日抱长饥，寒夜列被眠"。晚年无力耕种时，生活更是日益窘困。但恰恰是这种环境，方能显示精神之高贵。陶渊明安然自得，在他内心，永远有一片与现实相反的诗意世界，所以才能安住这一切，才能轻松抬起头，悠然写下这样毫无苦楚的诗句。

这就是心灵的远方，不用到哪，眼前一切都是都可以激发出类似美好远方带来的心灵体验。大自然风光，农作物欣欣向荣生长，与淳朴民众聊点农事，袅袅上升的村落炊烟，闲来喝酒写诗等，在他眼中都是乐趣所在，都可以转化为诗意。"问君何能尔，心远地自偏。"我还想起史铁生，在双腿瘫痪后，仍写出许多优秀作品。他并没有去过多少地方，但他的内心世界何其强大、丰富，谁能说他没有远方？

二

我反视自己，我的远方又在哪呢？

在相对清寂的个人世界，我的生活简单平实，但不觉得有什么不好。相对来说，现在属于我的空闲时间很少。除了正常的工作时间，身为记者的我时常在晚上、周末外出采访，过着早出晚归的生活。我承担着许多采访任务，很多时候都是一个人背着相机外出。无所谓什么孤独与无趣，已习惯这样的工作模式，有时反而从中寻找乐趣，变成一段不折不扣的旅行。

有一天，有关单位要下乡开展慰问演出。下午两点，我和其他并不相识的演员、工作人员坐上大巴出发。我坐着，带上耳机，听手机里的"外国民谣音乐"，随音乐摇摆，整个坐车的旅程顿时毫无寂寞之感。看着窗外灿烂的阳光，感觉有点诗意梦幻，我给自己找乐。

下午三点，到达目的地，晚会要到晚上七点半才开始。还有漫长的几小时，我该做些什么？我搬来椅子坐下，继续听动感的"外国民谣"。我的思绪跑得很远，一会想起生活种种，一会沉浸在音乐的故事与情绪里，一会看有趣的彩排，一会看身边的演员。我的心在这些不同的场景切换，就像旅程的风景在不断变幻。我安住这一切，一切的一切，都可以成为观照的风景。晚餐时,没有桌子,我坐在走廊椅子上,半空悬浮地拿着快餐和筷子,三下五除二快速解决,好一个"快"字。忽然觉得,清爽、简单多么美好,没有什么要求,没什么复杂想法,恰恰成就幸福和自在。简单,是种美德。

晚上演出开始,我一直站着拍摄每个节目的精彩瞬间。这是体力活,并不轻松;但另一方面,我相当喜欢这样的现场文艺演出,它的存在可以激发内心美妙的情绪,我很享受这种氛围,虽然有些节目已看过多遍,但也是平淡生活的一抹亮色。不料,中途突然下起瓢泼大雨,一位年轻的女演员被淋湿了。忽然觉得她此刻更美,年轻、白皙、姣好的面容流淌下成串雨珠。大雨像断落的线密密斜织着,坠落到舞台上四处欢快地飞溅着、反弹着,雨帘中的女子犹如出水芙蓉,亭亭玉立,清新如风。

我先是穿雨衣,但不方便拍摄,怕雨水淋湿单反相机。转而一手撑雨伞,一手拿相机,在台下跑来跑去,不时起身或下蹲。雨水重重地打在我鞋上,发出沉闷声响。为调焦距,我用脖子和肩膀夹住雨伞,让出左手转动镜头。接着左手拿雨伞,靠在左脸上,增加稳定度。右手持相机,瞄准舞台,在等待一个丰盈的表演画面出现,然后按下快门。我拍了几百张相片,有些累。但又觉得,这是难得的一次雨中拍摄,也算是有趣的体验。来都来了,安然接受,寻找亮点。苦中作乐,也是昂扬可贵的精神。

这是我的工作世界。回家后,我更喜欢一种恬淡、安详的生活氛围。

家里的书架是我最喜欢的地方。有时,甚至不用看书,只要在它面前站定,人就会一下子沉静下来。我的书不多,但都是自己喜欢的好书。不同的书封图案和缤纷的色彩,叠加成视觉的艺术美感,显出一种厚重。博尔赫斯说,"天堂就是图书馆的样子",深以为然。书架上,唐诗、宋词、当代散文、诺贝尔文学奖获奖作家作品、二十世纪中国短篇小说、作家经典名作——陈列,犹如一座座静默的高峰,蕴藏着一个个充满智慧与美的世界，足以带我走向心灵的远方。每天，我常会习惯性地来到书架前，哪怕只是瞄一小眼，仿佛接受一次心灵洗礼。在书架前，随意翻看一本书，有时仅看一小会，也能感受精神之绚美。

有时晚上，我会到客厅闲坐，关掉电灯，只留电视背景右侧三个方形木框顶端中间的三盏圆形射灯，依次从上往下投射出暖黄的灯光，昏暗中却又显得温馨。不用到酒吧、咖啡厅，那一刻就有柔软的生活情调。何须一定要众人狂欢，要奢侈的高消费场所。那些更多的是讲排场、形式，用来衬托自己的外在。然而，心灵的满足感不一定都和此有关。

我一边惬意地坐着，一边看部好电影，在光影变幻中，在打动人心的剧情里，遁入时空深处，一切仿佛静止，不知今夕何夕，这也是精神桃源。忽然想起二十多岁时一段观影经历。每个周末午夜，同样关掉电灯，在电视前守候观看央视一套国外经典电影，或由名著改编，或是百老汇经典音乐剧，没有任何暴力、情色、乱七八糟的邪气，纯粹是电影艺术享受。想来，当时的午夜情境就是一种远方，足以超脱当时平淡、狭窄的生活。

现在，远方对我不再遥远，不像从前。空闲之余，我没什么应酬与活动。最喜欢去的地方是公园，有大自然的影子，有花草树木，有湖，有大自然生机，有清净、广阔的空间，有相对雅致的环境，比坚硬的城市建筑本身更有诗意和美感。它是真正的城市之美，更是城市风貌象征。在这样的时空里，可以让人散发出柔软、丰富的思维，体会心灵的质感和轻盈。我常在湖边的台阶上闲坐，吹风，看漫漫湖水，看远方绵延起伏的山。这种情境，足以令人遐思远方之美。这是另一种远方。

远方有多远，不过是人心境的映照体现。当你真能安详自在时，远方就不再遥远。

冬夜的小温暖

快到年底了，天气愈加寒冷，外面寒风呼啸。此刻，躲在租来的小房子，感受一份安详与平静。这个临时的家极其简陋，连上网的条件也没有，只有一台电脑与我相伴，可以说有那么点与世隔绝的味道。但我照例打开电脑，戴上耳机，聆听一些青春飞扬的旋律，惬意极了。

已经有很久没这么安静了，已经有很久没这样坐下来写些文字了，真有点久违。忽然发现，这样的感受竟是如此珍贵、美好、温馨，让人充满欢喜，忘记生活种种琐事与烦恼，脸上不自觉浮现出隐秘的笑意。想起四个字：岁月静好。

这是任何娱乐方式都无法换来的，它永远不会让人厌倦，只会让人更加喜欢地沉迷其中。你忘记时间，忘记一切，只想沉浸在这种舒心的氛围里。你不会觉得空荡荡，因为耳边有动听的音乐，而且还是那些充满青春气息的歌曲。它们的旋律、歌词，无不让人感到心境澄澈，纯净，激发出美好联想。就像此刻，我想起耀眼的阳光透过枝叶，洒在一个少年身上。这是我为自己营造的一个充满明亮、朝气的外在环境，用这种外在的阳光、多彩激发内心轻盈、绚丽的思绪，让心变得柔软，以便感受更多美好的事物与内容。因为只有青春，才是人生中最美妙、最纯粹、最有激情的时光。重温青春，就是重温人性中最美好的品质，这怎能不让人感到幸福与温暖呢？

恰好，今晚正是圣诞节前夜——平安夜。想起圣诞老人，心里就更暖了，觉得空气里弥漫的都是雪夜的温馨，还有眼前仿佛也有了圣诞树的情景：红色的礼物袋，白色的雪，绿色的树，七彩的灯，还有孩子幻想圣诞老人礼物的渴望眼神。虽然我们这里没有雪，没有圣诞节，但我还是很愿意联想一番，给自己许个新年愿望，在心里过个圣诞节，满足自己的一点期许。这样想时，心里竟也充溢着快乐与幸福，这个晚上也就有了特殊意义。

这就是温暖，自己关怀自己，再好不过。假如没人关心自己，也不用怕，自己才是自己最好的依靠。有时想，一个人不懂得关怀自己是天底下最傻的蠢事。生活已经这么繁杂，有很多自己无法把握的东西，还有很多不喜欢的事要面对，更要好好珍惜自己。

我不知道别人的生活如何，至少自己是这样。每天早上，大老远地到外地单位上班；晚上，又大老远地从外地单位赶回家。十几年如一日，风里来雨里去，但仅仅只为了一份微薄的工资。尤其冬天天黑回家，等到吃完饭，再想想，过不了几小时，又得睡觉，等待上班，顿觉时间匆忙。或许是年纪渐大的原因，开始感到累了。单位没有食宿条件，工作环境也不好，整个氛围乏善可陈。忽然发现，这样的生活何等苍白、单调、乏味，没有激情，没有梦想，没有期待，还面临着某些压力，没有什么乐趣可言。

有一天，我觉得日子不能再这样下去。于是，我决定给心灵放假，从这种逼仄的生活中脱离开来，给自己创造生活乐趣。那时，我懂得温暖自己。就像今夜，用一些美好思绪满足自己，安慰自己。我忘了苦，忘了痛，忘了在现实中所遭受到的种种困境，短暂地享受片刻的安宁与欢喜，有如禅之安恬、境阔、高远。给心灵注入多彩颜色，解放平日里被压抑、被束缚的心灵，让此刻的心有了凌空翱翔的壮阔，变得轻盈、空灵，让心更大，以便容纳更多，看得更远。

　　我承认自己的生活并不如意，但我仍然可以为自己创造许多快乐与美好，并且不输给任何一个拥有许多财富的人。因为真正的快乐永远来自心灵，而不仅仅只是物质。物质，永远只是我们的辅助手段，而不是决定性的因素。真正的温暖永远只能靠自己给予。

　　冬夜的小温暖还将不断地进行下去……

第三辑　散淡时光

在阳光中

四月，阳光开始明亮起来。

那种明亮，会让人觉得心里没有阴影。内心失落时，也会因此变得平静，感受阳光的和煦；心情愉悦时，也会因此变得更加雀跃，想去拥抱阳光，融进阳光。

此时，夏日的气息逐渐浮现，迎来一年中最灿烂、最明丽的好时节。阳光炽热，驱走灰色，蒸腾阴霾，令人遐想。

很想拥有这样一间房子，斜对太阳，让阳光透过窗户照射进来。在窗户前摆一张书桌，在窗户外种一棵会开花的小树，让阳光透过疏密相间的绿叶点点地映射进来，落在书桌上，形成绿荫中的点点星光。树正好在此时开花，在一片灿烂的绿色中点缀跃动的色彩，散发出淡淡清香，或是散落一地花瓣，和着泥土的芳香，直到周围暗香弥漫。

午后，在桌上摆一本喜欢的散文，在书页间夹一枚风干的叶子，阳光正好深情款款地落在书页上，清风拂动书页，发出清脆的声响。阳光与阴影互相映衬，有了明暗层次的变化，书写宁静的午后时光。那是多么惬意的场景！在这片阳光中静静坐着，阅读时光，也可以泡上一杯清香袅袅的淡茶，看这如烟的热气袅袅升起，和阳光的味道混在一起，享受这宁静的午后。

一杯茶，一本书，一个人，一张书桌，一缕明亮的阳光，还有一丝混着花香的清风，在午后集体呈现，时光永恒地在此刻绚烂。闭上眼，眼前似有桔色的光点在晃动，一小簇一小簇的，独自燃烧，独自微笑。睁开眼瞬间，似乎眼微醉，周围昏暗，是旧日色调，仿佛走近旧时光通道。任阳光把脸晒得微微发热，似乎把阳光的温度和气味都带到身体里，到了夜晚也经久不散，即使睡梦里，也依然可以折射成内心的温暖，直到醒来。

在窗户前坐定，阳光照彻心灵，有了飞翔的翅膀，思绪也变得五彩斑斓，从窗口飞向心中的远方。如同儿时的我，总带着多姿多彩的想法构想身外神奇的世界。在阳光中，开始书写。有字的，或是无字的，都可以，只在每个人心上。阳光斜照在稿纸上，写下的字会有炫目的光芒，尤其是当自己写下会心的句子时。那一刻，思绪会变得空灵、散淡。

时常，发呆地望着那炫目的阳光，只能看到明亮，感觉到热度。只有和阴影对比时，才能感受到它的变化。那时，常让我想起少年时光。

那时的午后，常和伙伴们在树林间嬉戏玩耍。阳光透过枝叶，恰到好处地映下点点金光，投射在林间的草地上，和树下的浓荫一起构筑孩子欢乐的乐园。我们在这里捉迷藏，捕知了，掏鸟巢，摘果实。阳光在云朵间忽隐忽现，点缀我们天真、烂漫的少年时光。附近，还有一望无垠的稻田。在阳光中，一阵阵清风袭来，掀起一片片稻浪，金灿灿地闪现它近乎梦幻的色彩。回忆起来，都是金黄的影子，在阳光中定格成颜料般纯净的永恒油画。

依稀记得，在那条土路上，一个人学骑单车的情景。被午后的阳光暴晒，满头大汗。当时却不觉得有什么，反而觉得阳光令人精神亢奋。

左脚一下下地蹬踏脚踏板，让车轮跑起来，然后把右脚慢慢悬空，直到能保持住平衡，才大胆地跨上右脚，双脚骑乘。现在回想，是多好的记忆。一个小男孩，在阳光中骑车，自由奔跑，轻扬起一路灰尘，是多么诗意的画面。多年之后回想，觉得自己是跑在一条阳光铺成的金色之路，奔向少年梦中的远方。

很多时候，觉得阳光的气息只属于少年。没有灰色，只有透明和诗意。如那风铃之声，清远悠扬，在半空中淡淡地渲染午后宁静的时光。

在阳光中，消弭了阴影，淡忘了忧愁，诗化了想象，连自己也变得灵魂通透，一如我少年时的心情。

寂　寞

傍晚时，阳光暖暖地照在我脸上，有一种近乎梦幻似的金黄，令人沉醉。

那时，我在公园中行走，而不是散步。行走，赋予我更多的意义和想象的空间。这里，像是一处驿站，于我，是一个符号，有一个可以遥想远方的窗口。

起先，常常漫无思绪，把自己放逐在暖暖的夕阳中，美美地享受短暂又绚烂的时光，像是进入一种渴望已久的氛围，让心慢慢地浮出尘世，寻找一种自由、多彩的氛围。

记忆闪现，思绪也开始闪现。

那时，我才感到寂寞袭来。原来，寂寞也需要承受，需要坚守和勇气。

但有谁不寂寞呢？长长短短的人生就像一次远行，总会有风霜雨雪，总会有坎坷艰辛，总会有酸甜苦辣，总会有悲欢离合。我们都在路上，都要独自去面对生活的苦与难。犹记得一句诗：忧伤摧毁了面容。但忧伤摧毁不了我们坚韧的内心，只要内心拥有阳光与色彩，就永远不会被击倒。纵然生活在我们脸上写下沧桑，刻上皱纹，让岁月夺去我们年轻的容颜，但至少，心还可以是鲜活的，还可以充满盎然生机。于是，忧伤也是美的，不再令人难以忍受。忧伤，转变成一种独特的精神气质，忧伤中又蕴含着坚定的力量。

想起一句话：我跳舞，因为我悲伤。平常的话语下，蕴藏着巨大的内涵。生命的韧性与厚度在此展现无疑，能在悲伤中继续欢乐的舞蹈，展现优雅的舞姿，这何尝不是种坚韧？舞姿在此时显得飘逸、轻盈，却又让人深思。那时，你超越了舞蹈本身，可以随性而舞，不再需要什么标准动作。你的舞姿比平时更潇洒，更迷人，也更美。你的动作根本无法分解，流畅，柔软，有着绵延节奏，却又处处透露着力的美。你甚至可以闭上眼，不用看身边的一切，沉浸在自己尽情的舞蹈中与想象中。你心中有个鲜明形象，那是你所向往的。你意在先，把内心想法融入到自己的舞蹈中，借以表达自己、抒发自己。你在舞蹈中静静地沉淀自己，领悟自己，升华自己。

而身外，一派繁华光影，你平静地一扫而过，那不属于你，却还可以把它当作一种风景来欣赏。其实，风景之外，你也是一种风景，只是你从来没注意到自己。

你不再渴望得到别人的赞许与认可，只求内心的平静与安然。那一刻，你已经坦然，愿意去接受一切，不管好与坏。生命的时光如此宝贵，根本没有时间来怨与恨。你的目光如炬，透视了许多事情。你知道做出这样的选择，必然会遇到什么样的结果。别人的种种目光根本不重要，做好自己才是最重要的。你在独自的寂寞中找到无限宽广的天地，渐渐发现更加广大、更有光彩的世界。

就像一扇缓缓打开的门，你终于悠然见南山，看见那片幻想中的桃源，绚丽而安宁。寂寞不再一片沉寂，而是鸟语花香，阳光照耀，百草丰茂。你的内心泛起了温暖与安慰,有点点的七彩之光、智慧之光在跳跃,在闪现。如一杯咖啡,长久的沉淀之后,有一种醇厚的芳香,味道愈加的浓重与丰富。长久的寂寞之后,终于有一种暗中涌动的成熟气息、欢乐气息在内心弥漫开来,让你感到幸福与安然,敢于面对孤独。

你终于懂得寂寞,在寂寞的思索中获得美丽的思想之花,绚烂而多彩。寂寞,在你宁静的时光里奏出婉转、轻灵的音符。你错误地以为,时间消失了,一切仿佛凝滞不动。你贪享这样的时刻,在寂寞中沉淀出丰富的声色光影,沉淀出心灵的漫长旅途。那一刻,你满足而欢喜。寂寞,就像一部交响乐,充满激情,虽没有明确的歌词,却有一个个深刻的音符在有力发声,寂寞因而变得悠远、丰富,让人喜爱。

你依旧寂寞,独自坚持,独自行走,独自领悟,但你知道,那种寂寞也是美的,是你永远可亲可近的伴侣。

柔软的时光

咖啡时光

　　烟气袅袅上升，咖啡的味道瞬间袭来，让我为之一振。一杯速溶咖啡，颜色照样浓郁如绸，让人看不透，仿佛时间都沉浸在那里。抿一小口，有些苦涩，有些芳香，还有那么一点浅浅的甜。

　　喜爱咖啡，是喜欢它的味道。浓郁，相比茶，更有质感，更能让人徐徐回味。一口一口地啜饮，一口一口地品味，悠久、绵长。生活不正像一杯咖啡吗？无论多香，总伴随着苦涩，一点也不曾减少。所以，有人不喜欢，它不好喝，但我总贪恋它浓郁的味道。

　　我总想，生活就该像喝咖啡。慢慢品尝，慢慢品味，总是需要停下匆忙脚步，好好读读自己的生活，不论是好的、还是不好的，并且还能从中读出一些感想或认识，成为一种习惯。

　　有时会想，生活应该是加法，而不是减法。假如总想着咖啡的芳香和甜味，那么我们只能失望，它们总是很少很少，苦涩将是永恒的主题，就如咖啡颜色，让人沉重得无语。

我承认它是苦的，然后，我就获得自由。以后的每一点芳香与甜，就成了令人惊喜的收获，让我倍加珍惜，我会变得越来越富有，而不是越来越匮乏。我还无法接受不加糖的纯咖啡，它太浓烈，完全只有苦，我还无力承担，也不想承担。

我只想带着这么一点甜舒展有致地走着，认真地体会附在苦涩上的芳香。我承认，我很寂寞，但我也很平静。虽然孤单，但在长久的沉淀之后，终于有了静谧的芳香，径直走向自己内心深处，倾听内心声音。于是，我的世界变大了，我的天空也开始闪烁点点的星星之光、智慧之光。我只想专注自己，就像《卡夫卡自传》里的一句诗：我从未超越过别人，只完成了自我。我认同，并且身体力行。

夜色里

我更愿意把它理解为光影编织的世界，于是，夜色就有了神秘的气息与丰富的内涵。

喜欢那柔和的淡黄灯光，暖暖地铺洒在夜色里，让人感到宁静、安详。喜欢在夜色里的街道慢慢走着，那时，我开始向往城市繁华的霓虹灯光，那个让人有无限遐想的绚丽夜色。

有一次，我站在十字路口边的一棵树下，低头给远方朋友发短信。我听见车流声，还有混杂在脚步声中的若干音乐，忽然觉得很舒服，很宁静。在眼角的余光中，瞥见写意的光影。一切都只是模糊一团，仿佛它们只是我身后的背景，仿佛自己穿越了繁华，在时间深处遨游。抬起头，看见路灯的灯光从树叶间透过，一个诗意瞬间被永远定格，我的思绪开始飞翔。

白天的纷乱、喧嚣都已退去，可以更洒脱点，不用再带着多余东西面对自己。在夜色里，人也许可以更真实地面对自身，可以更冷静、睿智、率真，达到精神的充实与心灵的深远。

　　时常幻想，自己在一间很有高雅品味与文化气息的酒吧喝酒，没有任何不愉快的声音，只是淡淡传来富有内涵的音乐，在柔软的氛围中开始心灵的诗意旅程，探寻多彩的精神世界。我坐在落地窗旁，在昏暗的灯光中慢慢浅酌，或者会心地微笑于生活里的闪光瞬间，或者神情安然地想些什么，或者望向窗外：一条站立着幽雅街灯的小路融进远处城市的光影。

　　就这样行走在繁华边缘，像看了一场绚烂的烟花表演，被美丽、虚幻的焰火所陶醉，我听见那美妙的绽放之声。可是当烟花散尽，我也得走了，回到自己，回到平实。我所拥有的只是片刻的欢愉，只是懂得欣赏一些闪光的瞬间，让心丰盈起来。

　　静谧的夜色里，总有思考的灵魂在行走，在诉说。不管繁华中的步伐多么让人眩迷，总有一种声音无法淹没。当我驻足回首夜色里的光影，时间仿佛停止，声音俱沉，我转身继续前行，感到无比的宁静与坦然。如果一切真的无可选择，那么就去拥有无可选择的平静。"那里，边界终止，道路消失，寂静开始"，奥克塔维奥·帕斯这样说。

回忆

　　总问自己：人该不该去回忆？假如永远活在当下，忘却过去，是否真的就正确。

　　我怀念青春的明媚与飞扬，尽管我并没有多少故事，但只要想起这个词，内心就一阵悸动。我开始回忆，总以为已经忘记很多，但仔细想时，却有许多美好的片断浮现，让我惊讶。原来，那些片断一直闪着金光，寄存在记忆深处，不曾遗忘，只待机缘开启，见证奇迹的发生。

譬如十多年来，我从未想起的一位女同学，彼此并不熟悉，也无联系。然而，当我某天远远地看见她，开始回忆时，才猛然发现，她一直就留在我的记忆深处。想起和她仅有的三次有趣接触，被深深感染。那时的年少、懵懂、纯真是多么美好，多么让人怀念。片刻间，她从一个符号变成一个留在我记忆里的名字。我沉浸在怀旧的情愫中，告诉自己，任何时候永远不要丢失当初的纯与真，即使沧海桑田，至少还有这样的回忆陪伴自己，成为永远无法第二次拥有的精神财富，弥足珍贵。

最后，我读懂了回忆，留住那些闪光的过去，留住值得留恋的一切，不时地回味，咀嚼，领略。在美好的记忆中流连、沉醉，捡拾珍贵的碎片，留作人生剪影，沉淀成厚厚的一本心灵之书，阅读自己，让自己更理智，更懂得如何面对生活。不论是好的、还是不好的，一切都值得去回忆，去体会其中蕴藏的酸甜苦辣。记忆，是我的影子，虽然虚幻，却能看到一个真实的自己，一个透明的自己。那是一路走来留下的脚印，也许它不好看，却让我深思。

回忆，就像一杯醇厚的酒，散发着陈年芳香，让人回味悠长。既有美丽的瞬间，也有理性思绪，升华情感，沉淀自我，闪耀智慧之光，照耀茫茫心路。

寻找温暖

深夜里，时常一个人静静地坐在电脑前，一边听歌，一边断断续续地书写文字。关掉所有的电灯，只留下电脑屏幕的光线，把自己融进夜色里，抹去现实的棱角与界限，开始遐想与思索。

我是个挑剔的爱乐者。只有那些旋律动听、有着丰富内涵并且符合我内心期待的歌曲才能打动我。因为它们不单是好听的歌曲，而是能拨动我心弦的声音，是情绪的诉说，能引起我共鸣。那些旋律就是某种情感象征，你很难用文字来形容，但它能轻易地触动内心柔软的情愫。

我迷恋这样安静的时刻，还有这种暖暖的氛围。有时，那些声音所呈现的感觉深深感染了我，很熟悉，很动人，内心顿时一阵温暖；有时，它让我想起过去的时光，展开深远的记忆，沉浸在美好的往事中；有时，一句看似平淡的歌词却能在瞬间击中心灵，让我怔怔地沉默不语，回味许久。

没有什么能比这一刻更让人觉得温暖、安静，也没有什么能比这一刻更让人觉得美。

忽然，一阵感慨失落，生活却不总是那么美好。开始怀念青春时光，怀念学生时代，怀念那些纯真的日子。时间悄然而过，只剩下记忆怀念。年轮不多不少，趋近三十，开始懂得更多的生活万象，体会出人生酸甜苦辣。过去那些浮华的想法，原来都只是美丽的泡沫，生活却是实实在在地落在看也看不透的杂色上。一声长叹，因为生活不再是纯色。

此刻，想起"年少轻狂"这个词有些奢侈，并不觉得轻浮，反而觉得绚丽无比。正在丢失许多东西，昨天已走了很远，眼前只是一片模糊的光影，而内心早已没有了当初许多绚丽的色彩。

原来，人生的旅途就是这样，谁也不能例外。总会有风霜雨雪，总会有悲欢离合，总会有孤单寂寞。而这一切，只能独自承担。当你的脸上写满风尘、沧桑、褶皱、忧郁时，你是否还能继续微笑，让内心依旧保持温暖。

想起那句有名的话：我跳舞，因为我悲伤。不知道来自何处，但我欣赏其中蕴藏的内涵。我相信，说这话或是喜欢这话的人都是经历过苦难，但又超越苦难的人。伤痛不曾消失，却又能坚忍地承受，开始盛情舞蹈，沉浸其中。我也相信，他们的内心一定有许多伤痕，但已从伤痛中学会独自温暖自己。因此，他们还能继续微笑，继续代表欢愉的舞姿。他们的内心是有温度的，是柔软的，是质感的，所以"我跳舞，因为我悲伤。"

在一个寒冷的下午，我坐在公交车上，阳光正好暖暖地斜照在我脸上，让我的眼睛有点睁不开。我感觉一片灿烂的阳光把窗外的草木点染得诗意盎然，闪着梦幻般的白光，顿时觉得自己是在梦里。忽然想起一个唯美的画面：在夏天一个静寂的下午，在林子里，在田野边，少年正在时光深处悠闲地享受大自然赋予的宁静与宽广。想到这，一阵悸动，过去何曾没有相似的情景。想起生活中一些事，不禁悲从中来，眼泪只在眼眶刚刚浮现，就被我潜藏。

车仿佛驶得很慢，车里没什么人，有种舒服的宁静，让我很喜欢听车震动的声音。恍惚间，忽然想起一个词——远方。想去远方，就这样永远一路都在旅途上。远方到底有多远，远方究竟有什么呢？说起远方，总会浮起诗意的氛围，总想着远方的某个地方会有桃源似的落英缤纷，有最纯净的生活。而我，总在想象自己正奔向远方，开始喜欢火车奔驰的意象。在钢轨上，可以快意地奔向远方，一路穿过高山、田野、河流，领略无数风景，完成最诗意的旅程。

但我永远无法领略许多风景，我只是被圈在一个地方，每天做着相同的事，极其平淡无味。远方对我，永远只是个梦想。最后，我知道了，心灵的远方才是重要的。只要内心拥有那样的温暖，在哪都是一样的。

现在，我该做的就是寻找属于自己的温暖，构建一片温暖的内心世界。用温暖铺开钢轨，用温暖催动火车，带着我去那个永远宁静、充满光彩的远方走走、看看。

在宁静中滑翔

滑翔、滑翔……

天空湛蓝，风轻云淡，一切都是纯净透明，安静而美好。此刻，我想象自己是个会飞的孩子，在一片树林上空飞翔。那里是一片风景秀丽的郊外，有山有水，百草丰茂，鲜花盛开，有最纯正的大自然气息。我就在那里流连忘返，久久沉浸，感受宁静的自然之美。

可是，这样的时刻却不多，生活里更多的是一片驳杂，宁静则是我的精神家园，常让我想起童年的午后，明亮，安宁，充满多彩的幻想。那时，我常常独自呆在家里，阳光在门外的树林里一隐一没，时间有了明暗的深度。听着远处汽车传来的车鸣声，感觉时光停止，用孩子的天真思绪想象远方的样子，感觉整个下午充满乐趣，世界似乎就这么小。我体会到生命最初的本真状态，是那么让人心动，而今，却已难寻那样的心境。

身边的世界并不美，一片沉寂，我始终在寻求突破。我渴望拥有一扇窗户，可以看得更远。在华灯初上时，看暮色如何点染白昼，直到一团漆黑。看灯光如何从夜色中拼出一座浮城，人在光影中浮现，又从光影中消逝。当灯光熄灭，影像消失，如梦如幻，有如一部电影上演，同时也完成我的精神旅程，一次在内心悄无声息的旅程。

这就是我的幻想，我用这样的方式开拓自己的空间，突破现实狭小的世界，达到心灵的丰盈，并以此重构生活的支柱。我相信，这是一种对生活更为深入的抵达与把握，同时也是对自己内心的深入抵达与把握。

然而，宁静中我更愿意想些轻松的事情。生活里已经有太多的疲惫，需要有一片属于自己的安宁天地。小人物从来都是平淡无奇，能过好自己的生活就是最大的欣慰。我是在生活中体会那点滴的平凡之美，捕捉那些温暖的瞬间之美。对我来说，生活不是件容易的事。现在，我对生活有了新的认识。暖色与冷色同在，可能冷色还会更多一些。我告诉自己，那么就去努力追寻暖色，记录暖色，以此重构生活的支柱。这样想时，我将永远拥有热情，去对生活、人生充满惊异之情，去探索生活的无限深度与宽度。年近三十，人生有了浅黄的成熟与睿智，节奏开始变得舒缓，有种午后宁静的气息。

我没有故事，生活异常单调。看见别人在文字里描写丰富多彩的生活经历，觉得羡慕。我生长在县城，没有城市的雍容精致，也没有乡村的大自然之美。我甚至觉得，任何一个人的生活世界都比我精彩、有趣。我只有遐想与独处的宁静。

身边的环境并不安静，时常纷扰我的心。只有当我戴上耳机，聆听音乐时，我才能获得宁静。我从那些意味深长、富有内涵的歌曲中寻找那些诗意的情怀，在那种徐徐飘来的旋律中感悟生活。音乐，让我心飞扬，充满温暖与安详。我常常在这种氛围下开始书写文字，借助它寻找那份想要表达的情怀。很多时候，我把文字当作日记来写，记录内心，那一刻，我觉得这就是我现在最大的幸福与快乐，我感到莫大的喜悦与满足。

在明亮的午后，在静寂的深夜，是一段段可以延伸到精神深处的时光。可以看作走一条路，通向无限可能的远方。没有终点，不需要抵达一个明确的事物，不需要有明确的蓝图，只需要等待那些思绪精灵的到来，带给我一次次惊喜。生活里可以深入内心的事物并不多，那么有时不妨自己去创造，去探索，去构建，安然而自得，惬意而舒适。

我常常忘记从哪开始，常常在思绪中迷路。这不要紧，从哪都可以重新开始，重新出发，只要拥有心灵的安宁与充实就够了。

生活是琐碎的，那么我就是在捡拾那些闪光的碎片，留作自己的人生记录。越来越喜欢回忆，尽管我依旧年轻。过去那些青春年少的日子有更多的故事与精彩，有更多的生活记忆存在。我总在深度挖掘，期待从中找出更多属于自己的生活片断，它们承载着我的年少时光，它们更多的是以动态的形式存在，有更具画面感的影像存在。现在，更多的是呈静态之美，更多的是向内心深入。但我想，这只是一个方面，如果不能把它投射到身边具体的生活上，我将会失去很多，能承载年华的片断也会很少。

从这个角度看，我的滑翔无疑是有意义的，是对自己丰富、深刻的有效访问。

在书的海洋里沉醉

书,海洋,美妙至极。

想象一下,当书里多姿多彩的内容可以变成海洋一样来感受时,那该是多么惬意。你在其中畅游,就像人在水中游泳,身体的每一处肌肤都能感受到水的滋润,与水浑融一体,令人倍感清爽。那些原本沉寂、黯淡的文字在你的观照下,变得熠熠生辉,有了绚丽的色彩,吸引着你平日飘忽不定的目光。于是,你见到了深藏在文字下的无形海洋,带你领略书中神奇多彩的丰富世界。

这是个纯净的桃源世界,生活里的喧嚣与纷扰都可以被暂时遗忘,只有你和书在对话,在交流,仿佛整个世界只有你和书存在。外在的一切都被隐去,你静静地沉下心,品味书带来的智慧与乐趣。

闲暇之时,泡一杯茶或咖啡,捧一本书在手,坐在宁静的午后里,这就是一种幸福时刻。翻阅历史,穿越时空,仿佛看到当时的风云变幻、兴衰成败,带给我们种种启示。更重要的是,通过品读历史,领略到历史中所蕴藏的智慧,使我们本身得到有益的提高。读那些文学名人传记,是一件乐事。他们的境遇与经历，成为我们对人生的另一种有益思考。既有充满人文精神的关怀，也有他们自得其乐的个人生活。品读他们，就是在和人生进行充分的对话。他们无疑给了我们一种参照，让我们各自都能找到有益自己生活的那一部分。

读美文，是最舒服的。你不需要带有任何压力、目的、紧张，散淡而随意，大有一种闲庭信步、闲看云卷云舒、花开花落的从容与悠闲。你可以随便从任何一个地方开始读起，并不着急从头到尾系统地阅读。你是在和每一个字跳舞，你很容易就为它而着迷，沉进它营造的多彩世界，品味良久。然后，你把整篇文章捏碎，细细品味每个碎片的精彩与心动，又重新把它们整合，体会浑融之美。细节与全文互相辉映，互相渗透，带你进入梦幻的文字世界。如李清照那句"沉醉不知归路"，你在书中沉醉，早已忘记了烦恼，更忘记时间的存在。那种时刻，倍感精神绚丽之美。就像一杯芳香的茶，茶香溢满整间屋子，令人动容。

倘若能读到那些和自己内心极其相似的文字，会有一种震颤，顿时被感染，被触动，会长久地沦落其中，不想出来。原来，我不孤独，它们就是我的知音，深刻地理解了我。有种被抚慰的安然，即使是那些悲伤的情愫，也变得动人，顿时从中获得一种坚韧、充实的力量，似乎自己找到温馨的港湾。这里，就是你的心灵花园、你的精神自留地，你可以栽种自己想要的花，让心灵花园变得更加多彩多姿。这里，就是你休憩的好地方，使你可以从平淡无奇的生活中脱离开来，创造自己想要的色彩。

你并非被动，在阅读的同时，也在对文字进行独特的解读与注释，乃至添加。这使人的思维始终处在活跃的状态中，文字打开一个个无限可能的窗口，诱发你无限的想象与构思。有时，连你自己也感到惊讶，自己居然会想到一些闪着智慧火花的心灵之光，让人一阵惊喜。

你幸福而满足，安详而宁静。书，不仅带来知识，更带给我们愉悦的感受，好像找到知音，是我们最贴心的好伙伴。如果读到一本符合自己口味的书，不禁会心一笑，与书产生共鸣，这是多么让人兴奋的时刻。掩卷沉思，仍是余味无穷。轻轻抚摸着装帧精美的书，顿时觉得很踏实、很享受。它就像一位随时都可以进行交谈的好朋友，从来不会拒绝你，只要你愿意。要感谢这个世界上还有书存在，使我们不那么孤单，可以找到自己想要的世界。

书，让我们走得更远，看到更宽广的去处，超出现实的樊篱与束缚，让我们心飞翔，有畅快的自由与轻松，解放平日里被约束的心灵。你可以完完全全地做回自己，不必再被什么所累。这是个梦幻世界，虽然虚幻，却能带给我们无穷无尽的精神享受。

在书的海洋里沉醉，是一件让人充满期待、并为之向往的美事。

安安静静许多时

此刻，我愿意接受卡夫卡这句话："安静是有力量的表现。但人们也可以通过安静得到力量。精心忍耐使人得到自由。"

正如此时，在某个深夜，周围一片寂静、漆黑，我坐在电脑前，戴上耳机，聆听音乐，开始书写。我分明看见，"安静"是在那么优雅、悠闲地出现，熠熠生辉，这使我可以从太过真切、斑驳、色调混杂的现实生活中暂时脱离，可以不受任何干扰，完完全全地做回自己，做一个终极意义上的完整的自由人。

安静，是缓慢的。它也只能是缓慢，不可能有其他注解，就像凝固的冰，你可以如此清晰地感受到它的存在，似乎时空里的一切也凝固了。它是一种沉浸状态，把终日游离在身外的心收回来，回归自己，这也许才是一个人真实的时刻，因为不必再为任何事情所累。生活之累，往往让我们迷失，因而不知不觉间丢失自己的许多东西。安静之时就像一个人走进空荡荡的旷野，感觉很大。刚开始时，你见到的只是一片茫茫，不辨方向，不知该走向哪里。

于是，你继续沉浸，像迷路的孩子，四处奔跑寻找，进入某种深度。这就像热身运动，是前奏，你必须调整好思维的频率，等待进入真正的安静，身心俱轻。忽然，某种神奇的感觉袭来，让你不再迷惘，一切顿时变得明朗，神清气爽，就像一道明亮的光突然照射过来，让你看得清原本迷雾重重的前路。顺着这道光，你终究能找到那片梦想中的桃源，柳暗花明又一村。当你失望时，新的力量毕竟到来。

但所谓的"力量"不算什么，你不能指望它能改变什么，事实上，它也无法改变什么。它的意义只在于能使你的内心平静下来，感到安详、充实、满足，如果足够好运，它也许还能让你的心充满芬芳，就像置身于盛开的繁花当中，一片烂漫、绚丽，到处都是醉人的花香，让你沉醉不知归路。

安安静静，是我向往的至美境界，就像是在沉淀金子，淘尽渣滓。这个过程是美妙的，那些最终能沉淀下来的思绪有着金子般的质地，闪耀着永不褪色并且激动人心的光芒。这光芒拯救了我在现实中日渐枯萎的灵魂，重新给我注入生机、活力，注入缤纷的色彩，使我有足够的热情面对生活。当身外一片凄迷、寒冷时，内心依旧会有暖人的温度在燃烧，在跳跃。安安静静，是我的桃源，是我最后的自留地。没有了它，我将漂泊无依，成为风中的蒲公英。

但显然，这个现实世界并不像我们小时候所想象的那样美、那样干净、那样有意思，而是混杂，有时甚至是凌乱的色彩世界。"色彩"这个词，原本给我的印象是绚丽，但用在这里，丝毫没有美感。它太乱了，乱得失去色彩的本性、和谐与纯净，变成突兀、黯淡和丑陋，甚至让人生厌、憎恶，唯恐避之不及。这世界并不全是美，无论是物质方面，还是精神方面。因此，当我走在街上，总是目光迷离，闪烁不定，很少会为了什么而停留。我是个对色彩极为敏感的人，当那些混浊的颜色进入我的视野时，我将会感到难受，不论是人还是物。

我所向往的色彩是大都市绚丽的夜景，色彩柔美，梦幻，丰富，于精微中雕出一片璀璨，到处都是让人心旷神怡的光亮之美；或是大自然单纯、明净的颜色之美，如写意的水墨画，于宽广的天地中营造出大意境，让人回味，引发遐想。但在我周围，在我面对的一些事却缺乏这样的美，甚至是丑恶，可我偏偏是个不轻易妥协的人。于是，我的生活就陷入重围，我也陷进一个人的天空。

我只有"安安静静"，也只有"安安静静"能带我抵御一些乏味或是卑劣的阴影，重新带我领略美好生活。这使我可以超越现实，获得更广阔的思维，营造更大的天地，飞出被时间、空间以及各种规则限定好的生活，可以看得更多、更远，充满幸福与安慰，像一杯醇香的陈年好酒，只需要一小杯，就能让人陶醉。

那时，我就找到自己想要的色彩。现实与我疏离，渐渐远去，模糊那些太过分明的棱角与颜色。那些丑陋、糟糕透顶的色调不会再来占据我有限的感受空间，我把它们淡化，让感官不用再受它们压迫。不管你承不承认，生活里总有许多灰色，只是这很隐秘、细微，不易发现。

更重要的是，我从这安静中体会到"活得更好"。我愿把它打造成陶渊明笔下"芳草鲜美，落英缤纷"的桃源世界，以此温暖内心，让沧桑的心灵染上光彩，让生活更有意思。现在，我对生活的理解就是活得更好，活得更有意思、更有价值。

在那些安静的时刻，感受花开花落，闲看云卷云舒，一切都是那么安宁、和谐。这种体验是深刻的、新鲜的，充满魅力，甚至比笑有更持久的生命力。笑，往往让我感到肤浅，只是过眼云烟。喧闹，往往扰乱心灵，扰乱思绪。过于喧闹，便意味着失去自己。

在安静中，体会多姿多彩，体会绚美宁静，没有纷扰与嘈杂，就像回到我们无忧无虑的纯真年代，比如，青春时光。有种天空湛蓝、风轻云淡的轻盈，到处都弥漫着宁静的气息，柔软，舒坦，安适，我从中体会到丰富的情感触动。

在安静中，体会静默之美。聆听音乐，只有音乐能如此轻易穿透人心，带给人震撼，用真实、质感的方式带你感受音乐中的情绪。它们有各自的味道，或热烈，或深沉，或怀旧，或安然，或苍老，或叹息，或失落……它们是写意的情怀，是一种暗示，是一团光，在等待你的开启和诠释。很多时候，我都在音乐声中寻找新的心灵之光，用那些旋律、歌词让平日紧闭的心灵重新呼吸。于是，在音乐中，我更加安静，感受久违的梦幻之美，还有人性深处真实的声音。就算是悲歌，也令人动容。有些落寞，但同时又异常坚定、明亮，有一种凛然之气贯穿其中。同时又感受到温暖与抚慰，感觉被理解了，好像是另一个自己在款款吟唱，找到和内心最贴近的声音。

与此相反，书写却是另一种更加具体的表达方式，摸得着，看得见。当那些飘飞的思绪终于找到一种合适的句子结构而笔落成形时，令人兴奋。这是一种更深的沉浸状态，近乎忘我，只在思绪的丛林中穿行。这就像人们去旅行，一路上都是风景，让人眼花缭乱，总有许多惊喜出现，总有让人惊叹的东西出现，让人为之驻足欣赏，直到你彻底读懂后，才舍得离去。那时，内心充溢着巨大的幸福感和满足感。常常写着写着，情不自禁地露出平日生活里极难一见的微笑。不，甚至不仅仅是微笑，而是灿烂无比的笑容。对我来说，这就是最好的生活方式。它就是我的理想、我的梦，不像别人，可以通过追求权利、财富而获得至高无上的地位。我永远没有这样的可能，但我愿意把文字当成我的梦。当我能把想法转变成真诚而动人的文字时，我就实现我的梦。这梦显然微不足道，但毕竟是梦，有梦总比没梦好。当生活剥夺了你在现实中的梦时，你是否还会继续追求别的梦呢？并且，这样的梦永远无法给你带来什么现实改变，你还是你自己，停留在原地徘徊。

或者，在文字里，打造自己想要的乌托邦，一切不美的人、事、物都可以被抹去，不必再来扰人，并且可以创造现实里所没有的一切，只要你想得到。从这个层面上看，它是自由的，比现实生活更有趣，更有神采，更让人充满热情，无限宽广。我常把这种体验想象成奇异的魔法世界，你就像神奇的魔法师，有一根无所不能的画笔，想画什么，就会呈现什么样的形态，万物皆在你手中映照、成像。我可以把它们当中最动人、最美丽、最精彩的部分描绘下来，没有什么能比这更让人清醒。

走在路上，我经常感觉自己和生活保持了一段距离。这并非疏远，而是站在一个更合适的距离观察生活，这样才能看得清生活里的纷纷扰扰，还有那些美好的光影。经常被一些静物所吸引，它们在某种角度、某些光线下，呈现异样的安详之美，我仿佛读到了什么。在城市的夜晚，我分明看见天空闪烁着静谧的光芒，安静重新笼罩着我生活的这座小城。

安安静静许多时。以后，我还会继续安静，并且是，安安静静很多年。

第四辑　行走词章

金　鱼

　　夏季里，没有谁能比金鱼更悠游自在，炎热于它应该不算什么。
　　它在鱼缸里游，动作潇洒飘逸，可快可慢，一点也不打紧的样子，轻轻摆动身子，软得像块丝绸，有种飘飘欲仙，似乎一点也不染人间的烟尘气。它的身姿是那么美，让我总以为，它在那里游来游去，是在自我陶醉。即使停在那里，它的尾、鳍也会优雅地摇来摇去。它真美，那种姿态让我向往，可我从来不曾拥有过。我想，它是在快活地跳优美的舞蹈，随意而为，舒展无比。
　　它在水中一世界，我在空气中另一世界，它清凉至极，我满身炎热。忽然觉得，水真是一种极好、极美的物质，无形，无色，是软的，而鱼偏偏有驾驭水的本事，它生活在这种介质中多么漂亮、诗意，连摆动留下的水纹都那么柔美，余韵悠长。水把它同喧嚣纷扰隔离，而它穿越了水，透视了水的秘密，也就获得优雅、宁静。有时想，如果我也能像鱼那样畅游，那该是怎样的一种惬意。没有鸟与风的剧烈撞击，也没有人的沉沉步伐。真想做一回金鱼，感受那种轻灵游动的感觉，那也许就是我们一直以来孜孜以求的梦想吧。金鱼不懂自己有多幸福，但知道这样活着很舒服，因此它总愿意在那里游来游去，很少趴在那里，一动也不动。我只有感慨：子非鱼，安知鱼之乐。

金鱼的天地很小，我却以为它是满足的。没有哪种鱼能像它那样享用干净的水，没有任何污浊。从这点上讲，它是幸运的，甚至可以说，它活得浪漫。因为它永远活得透明，简单，没有任何灰色与杂质。

在鱼缸里放些水草、石头，或是造几个假山样子的洞，它的家就变得温暖。阳光照射到水面上，波光粼粼，鱼鳞上闪着银光，一下子点染了诗意，这大概也是它想要的风景吧。这银光多么炫目，让人着迷，我却没有多少这样的闪闪明灭。若是饿了，它便浮出水面吃点东西，再下沉，一点也不受外面影响。有时，它就游到水草最密的地方休息，大概这样可以不被人看见，可以完全拥有属于自己的小天地。鱼啊鱼，你可知道自己有多幸福。

看着它总是这样惬意地游，一会儿向左摆摆，一会儿向右摆摆，上下浮动，我徒有羡鱼情。它的活动空间是立体的，不像我只在一个平面，它拥有更多的视角，更多的空间。它转动眼珠子，瞅瞅我，不时地张着嘴，吐出泡泡似的水珠，不大理睬我。这泡泡让我掉进梦里，它在说着一个美丽的梦，让我看到自己曾经的美好憧憬。

金鱼永远悠闲自在，我们却不能。它是我们的梦想，虽然无法抵达，但我们始终向往追求，矢志不渝。生活是杂色的，永远没有纯色，只有当我们能够超越杂色、淡化杂色后，我们才能像它一样悠闲自在，拥有那种近乎完美的姿态。那种纯净的透明令人震撼，鱼是飞在水中，只是飞得很慢很慢，看起来不像在飞。

周末，我要去哪里

每个周末，我都在企盼能有一种有意思的生活降临。生活的苍茫与困境磨去我当初许多绚丽的光彩，但我知道，我必须重寻那光彩，即使它不再有当初那种梦幻、耀眼的色泽，变得斑斑驳驳，染上沧桑的褶皱。不过，这已足够，并且意义重大，毕竟这是光彩。有了这样显得丰富的光彩，我就获得新的生机，我将像一棵成长的树，会慢慢变得根深叶茂，郁郁葱葱。任何时候，我们都需要寻找，永无止境的寻找。否则，又将陷入新的"困境"。

一、酒吧

酒吧，城市的隐秘窗口，它总是很随意地散落在各个角落。夜色到来后，它亮起了迷离、暧昧的绚丽灯光，有种深邃的诱惑力，里面更多的是一片昏暗，还有很具情调的音乐与布置，让人感官迷离，心也迷离。它很有吸引力，让人有种沉醉的感觉，空气中的因子似乎也因此充满了情调，人仿佛掉进柔软的海洋里。这样的地方，让人感官舒适，它总在繁华的光影中召唤那些夜归人。

　　酒吧，是心在漂泊的人的归宿，可我从没去过。我想象中的酒吧是西方书里或是电影中的酒吧，它比现实里的洁净、纯粹、安宁，没有乌七八糟的邪气。就如一个男子，可以孤独地坐在角落，听着很安静的曲子，只专注于自己，喝酒，抽烟，沉默，失落，在烟酒的包围中放逐自己，不需要顾及周围的一切，做自己想做的事，甚至可以流泪。没有人会来打扰他，觉得他是另类。大家互不干扰，在迷离的光影中，没有谁会去注意别人，更不会有刺耳、尖锐的声音。忽然想起一位作者开了间叫做"山在那里"的酒吧，装饰考究，并且精心安排了几个主题场景，让不同的人都能在最大程度上找到符合自己心境的氛围。我想，这样有内涵的酒吧才是纯粹的，才是我想去的。

　　酒吧，承载着自由气场。它不应是欢愉的地方，因为它不明亮。我不知道酒吧真正的含义是什么，但绝不会是现实里的纷乱，驳杂，尖叫，疯狂，或者是自以为无比前卫、个性而实际上是幼稚无比的卑劣、庸俗。酒吧，也不应是小资的代表。酒吧，在我看来，只适合那些有内涵、有着丰富生活体验的人。他们不会举止轻浮，但也不会循规蹈矩，比如跳舞，他们可以说："我跳舞，因为我悲伤。"他们不会故作姿态，只是有时会表达自己真实的内心感受。我觉得，酒吧就是为这样的人而存在，他们在这里可以放逐自己的感情，或者和别人交流彼此的体验。无论是高兴的，还是悲伤的。他们比别人多了一种精神上的优雅"酒吧"，他们可以把心暂时地寄存在酒吧里，可以彻底做回自己，暂时卸下生活的种种之累。这种"酒吧生活"应该是生活的一种极致，有物质的丰盈，也有精神的绚美，我再也想不出能有比这更好的生活方式，于是，它成了我向往的地方。

　　我总在幻想自己在酒吧的情景。一个人时，选择一个不显眼的角落，独自坐着,听那些有着丰富内涵的英文歌曲,与心灵息息相关。昏暗中,释放心中蕴藏的感受,无论悲苦、喜乐,都可以一点一点地接受并回味。听别人安静地唱歌,这是我对酒吧的期待与幻想,我希望的酒吧是一个高贵的场所,优雅,漂亮,迷人,就像一位有着高雅气质的女子,永远让人产生愉悦的感受。

酒吧,在我的理解是一种情怀,而不是时尚、前卫,但那现实的酒吧却不是我所向往的。酒吧,永远在我身外,而我也许永远无法抵达,只能一次次地呼唤它的名字。

二、书店

这是我永远都想去的地方,不论何时何地。并非我多么喜欢看书,这只是我学生时代一种良好习惯的延续。喜欢书店那种窗明几净的感觉,置身其中,仿佛就和外面纷扰、喧嚣的世界隔离开来,让我感到舒心的宁静与惬意,这也许可以勉强称为"繁华中的桃源"吧,并且没有任何门槛。

其实,我经常去书店,但真正看书的时候却不多,只是喜欢去书店感受那种氛围。说好听点,叫书香。在我们这样的小地方,书店里没有多少丰富的书,种类单一,真正的好书很少很少。偏偏我又是个极其挑剔的人,不管是谁写的,只要让我觉得,无法从中得到一种心灵上的满足与契合,一概忽略。只有那些能引起我兴趣、又能触动我内心的书,我才会翻开看看。因此,我去书店,更准确地说是"走马观书",但我就是喜欢。

我想说,那也是一个多彩的"繁华世界",只是安静无声,需要用心感受。琳琅满目的书摆在书架上,远远站着,用眼角轻轻一瞥,那就是一片七彩天地,一片文字的丛林。每本书都有自己的颜色,就像每本书都有自己独特的指向，有属于自己的气质与印记，还有书页所散发出的气息。在这样的书香中穿行，是件很诗意的事。每本书都是一个窗口，每打开一个窗口，就是另一片新天地，像是在探寻一片充满神奇的未知世界，让人充满期待。一路上都是美丽的风景，什么都好，绝不会有什么丑陋、突兀、刺眼的东西出现，让人扫兴。我们都向往现实里的繁华生活，可是内心却极度缺乏这样的诗意、唯美，可惜外在的繁华永远也拯救不了内心的苍白、乏味，乃至庸俗。于是，繁华世界里，依旧能听见一片稀里哗啦的无聊声、叹息声，许多灵魂都在进行盲目的徒劳挣扎，都市绚丽的光影对此并没有任何帮助，只是让人变得更加孤独、无力。当一切清场，剩下的只是寂静，但这寂静里，什么都没有，只有让人心慌的空。

倘若足够好运，也许能碰上一本契合自己内心期待的好书，这并不容易，需要缘分。只一眼，就愿为它而沉沦，把身边的一切都过滤掉，感官里只有我和它的世界，我们在进行无声的对话，心的交流。心灵可以在瞬间穿越时空，接上作者当时飞翔的思绪，甚至会有心灵的震颤，被某个字句击中灵魂，长久地沦落其中，不想出来，体会着巨大的情感触动与欣慰，不知不觉中，浅浅的笑意浮上嘴角，化开了平日里凝重、忧郁的面容，微笑，绽放了面容。假如我能变化，就变成一个和文字一样大的人，从它们身边走过，用手触摸、感受它们。就像我的诗句：我的脚步声，响彻在／每个动人的句段里／与文字相互唱和／共奏一曲／《高山流水》／每张书页，都变得／处处耀眼、处处明亮……

那时，是一个真实的、能让人感动的时刻。而真实，已经很少了。这世界总有许多悖论，可偏偏只有真实才能让我们找回自己。但至少，在书面前，我可以用本真的面目出现，不需要任何多余面具，哪怕这个面具非常体面、好看、优雅。

更多时候，我只是浏览。如果没有什么自己喜欢的书，就会很快离开。有时，路过书店，明知道不会有什么收获，也愿意进去走一遭，感受书店氛围，觉得心安详、踏实。自然，我喜欢大的书店，而且要有那种明净的感觉，会让我感到一丝心旷神怡，引发一点美好遐想。生活的苍茫早已让我没有做梦的感觉，曾经的意气风发早已烟云散尽，一颗曾经晶莹剔透的少年心已经变得斑斑驳驳。这一点遐想，却让我感受到纯净、梦幻的气息，让我又有了做梦的感觉，重拾青春时光的美好心境。

这也是种乐趣。书店，于我，是另一个自由所在。

三、网吧

网吧，始终让我无法抗拒。我可以抵抗住任何事物的诱惑，唯独无法拒绝网吧。空闲之余，总是念念不忘。尤其周六晚上，宁愿和学生争一个上网座位。周六，在我看来，是最美妙的时间。可以心无挂碍，不用去想昨天，也不用去考虑明天，尽可放松心情，给心灵放假，完全属于自己。

但其实，我从不玩游戏，也很少聊天。这个虚拟的空间比现实更美，用光、电、颜色、网页就搭建出一个看起来很干净的世界，只要一根网线，就可以把世界尽收眼里。网络的发明，真是人类革命性的进步。

上网后，登陆邮箱，查看邮件。这是一件让我蠢蠢欲动的傻事，我总想着信箱里随时都能有用稿通知，但很显然，这是幼稚得不能再幼稚的想法。但无妨，可以把它当作一个梦，有梦总比没梦好，这是我现在唯一还可以做的梦。毕竟有了梦，就有了希望，有了热情，有了美好的憧憬。不管结果如何，至少现在意义重大，有了企盼，心也就活了。于是，这成了我最大的蠢事，也是网吧对我有着致命吸引力的原因。

接着上博客，看看有什么文友留下什么话。这是件乐事，与文友互相交流。有时，就像逛街一样，点击一个又一个博客，熟悉的、陌生的都愿意去看看。文友的博客自然不同，干净，没有那些无聊的内容，最妙的是还可以看到他们精心搜集的精美图片，或者听到动听的音乐，谁能说，这不是种享受呢？这也可以算是一种风景。可以惬意地读他们的文字，倘若觉得好，能引起共鸣，便会大谈一番感慨，写下长长的留言。生活里无法表达的心情，在这里找到自由飞翔的天地，并且，充满人性关怀，充满温馨。假如谁有文章发表，大家都会为他祝贺、高兴。假如，谁的文字里透露出悲苦的境遇，很多文友都会为他鼓劲。这里，其实就是一片有着落英缤纷之美的桃源，没有生活里的纷乱、驳杂，纯净而安宁。

　　这样的交流，真叫人内心一阵温暖。真诚，透明，澄澈，不会有心灵之累。在彼此的互动交流中，又加深彼此的了解。有些文友，虽然不曾相识，但却可以当作心灵的伙伴。于是，从陌生到熟悉，有些文友的博客每次都是要去的。静静地来，有时也静静地走，没有留下只言片语，但彼此知道，一定会有那些内心品质相近的人在默默关注。因此，彼此从来都没给对方增加任何多余的负担，这才是我爱慕的境界。每个人都可以为自己而歌唱，不必说，要对方认同什么。假如彼此在某些范围有所重合，那就可以坦诚地交换一下看法。会心之时，悄然一笑，话已多余，一切尽在不言中。有时，就在某个句子中感受，或是在某种旋律中意会。那时，已不是感动所能形容，而是欣慰、欢喜。原来，我不孤独。在某个遥远的星空下，同样有人像我这样，仰望星空，发出一声长叹。多么美妙的感觉啊！

　　网吧，让我无法转身，但我从中找到另一种丰富的、有意思的生活。这使我可以从苍白、压抑的现实生活樊篱中挣脱出来，获得心灵上的光彩与活力。

四、逛街

这是我永不疲倦的爱好。喜欢浮光掠影,喜欢多姿多彩。逛街,满足了我这样的想法。

但我不是去购物,只是喜欢到处看看,感受一下时代进步的气息。我喜欢都市的繁华、绚丽的光影,但并非崇尚奢侈,歧视乡村。我只是喜欢干净、整洁、色彩、丰富,而都市符合这样的特征。

我生活的这个县城,正日益加快城市化步伐,这是我所希望的。这样一来,我生活的地方就有了内容更多、更完善的城市功能,我就能体会到更多洋溢着现代生活气息的事物。它们,让我感到时代的美好,而不像别人所说,都市是他们想逃离的地方。试想一下,假如真的没有城市存在,那么人类的生活将会怎样?

我的生活平淡无奇,而逛街欣赏越来越有都市味的县城,无疑是自己对生活的一种诗意遐想与调节,并且是打发孤独的好办法。这同样重要,会让一个身处困境中的人,仍然感到生活是美的,值得去拥有与期待,这同样重要。

某个晚上,路经今年刚刚落户本地的肯德基餐厅,灯光明亮,落地窗干净,肯德基广告牌泛着温暖的浅黄色。再看里面着装统一的服务员,还有热闹的顾客,竟感觉像是电视剧里的情节,有那么点不真实。但又觉得很好,希望更多城市化的东西出现,提高视觉美感与生活品位。其实,对我来说,逛街就像构思一篇小说,看见某个地方就可以添加自己美好的幻想,以弥补自己在现实中的缺失与遗憾,以此达到心灵的满足与丰盈。我甚至为自己这样的想法感到欣慰与自豪。

我甚至希望,能有更多有品位、有档次的地方出现。它们,其实就是一种象征。酒吧,优雅;咖啡厅,温馨;超市,热闹。当然,这些仅仅都是物质层次。我还希望有更多文化内涵的东西出现。比如,展览馆,每个周末都能去看画展，或者其他书法、剪纸等各种艺术门类；音乐厅，可以聆听各种美妙的音乐；有各种社会团体，组织起有意思、有内涵的活动……它们，构成一个诗意而丰富的世界，可以创造一个美的外在环境，继而可能影响人的心灵，把人的心灵导向更高层次的追求。

有时想，逛街就像在电影胶片的镜头中穿行。它可以被定格，从某种角度打量，它就是美的，就像由一幅幅画组成。当它流动起来，就成了我的动态。这又像别人旅行看风景，只不过我的风景就在身边，走不远，但毕竟，我走出去了。从这点上看，我与那些到异地游玩的人都是一样的。只是因为我暂时被生活所限，只能选择在当地穿行，但谁又能说，这不是一种旅行呢？

自然，能去远方更好。但假如，无法去远方，无法拥有充足的物质，那么是否我们就会觉得自己不幸，因而丧失一颗充满热诚的心呢？我想，不是。任何时候，心灵的多彩与安详才是我们能够勇敢面对生活困境的有效武器。重要的是，你有一颗什么样的心。所以，诗人说："人，诗意地栖居在大地上。"

一个人的黄昏

　　黄昏的时候，我想一个人走得很远。
　　除了公园，我无处可去。这是唯一相对安静的地方，有湖，有花草树木，有空地，有类似于大自然的气息。尽管它不是天然的，但至少还有点大自然的影子。这同样难能可贵，它就像某种象征，可以使我从纷乱与相似的符号表象中寻找到一点明净与新鲜感，指引我找回某种真实。从这点上讲，它的存在就是有意义的。
　　这是个夏季的黄昏，公园里很热闹，人们都在这里运动。我喜欢这样的黄昏，温暖的，明亮的，活泼的，以免过于清冷寂寞，高处不胜寒。但有的人总以为，寂寞多好，甚至觉得寂寞这个词都那么小资，让人着迷，喜欢往自己身上贴这样看似好看的标签。于是，许多人都宣称热爱寂寞。但至少，我不是完全热爱。我们都需要相对的寂寞，却不需要永无止境的寂寞，否则将令人难以忍受。寂寞的人没有真正的知心朋友，永远只是一个人在踽踽而行，背景是苍茫的天地。他的生活平淡且单调，没有和别人有任何更深层次的交往，甚至连身边的亲人都不能让他感到温暖，这样的寂寞有几个人承受得了？寂寞是一种浓重的颜色，并不轻松。

寂寞，早已是一个被滥用和误解的词。真正的寂寞属于灵魂。好比如你正在做一件有意义的事，但没人能理解你，并让你饱受非议。更甚者，你为了这件事，还得承担许多不为人知的苦与痛，甚至是风险。此时，所谓的孤独、清冷不算什么。正如一棵树，立在那里，向你展示它傲岸的身姿与充满活力的生机，却忽略了这或许漫长艰难的成长过程。

真正的寂寞者其实并不多，大多都是无聊的代名词。真正的寂寞者是一个坚定的独行者，他接受寂寞，但不一定全都是热爱，寂寞只能是生活中的一部分，而不是全部。他需要寂寞来远离喧闹，投入到某些事情中，从中发现更有意义的东西，或者说，这是更有价值的存在。但是，当他专注地投入其中时，他不会寂寞，因为从中找到融洽，甚至还有欣慰，让他能够沉醉其中，流连忘返。只有等他从中脱离时，他才会觉察到那巨大无边的寂寞。正如一个寂寞书写者，当他书写时，他会忘记自己在现实中的种种存在；只有当他回过神，才会意识到自己在现实中所处的巨大逆境。

我来到黄昏的公园里，说不清是否也要寻找某种寂寞，但我需要一定的安静空间沉淀自己。这就像某种离开，只有撇开身上种种多余的东西，包括身边熟悉的人、熟悉的环境，不必被什么所束缚，那时人才有可能真实地面对自己。我甚至能够猜想，人们为什么喜欢去旅游。因为可以暂时丢开生活里的许多束缚与烦恼，在一个陌生的环境中获得心灵的解放与自由，让自己奔忙的心灵得到休息，调节日益繁复、紧张的生活。

我永远记得那次厦门之行，和许多文友敞开心扉聊天，到处走走看看。我忘不了那个海边的黄昏。我卷起裤腿，拎着鞋，一个人在浅浅的海水里走着，甚至是深一脚、浅一脚地跳着，像在水里跳舞，任海水打湿我的裤腿。那一刻，我仿佛回到孩童时代，只差一声欢快的呼喊。纵然让我一个人在这里永久地寂寞，我也愿意。因为这里有人群，有沙滩，有大海，有风景，是热闹中的寂寞、繁华中的寂寞，并没有远离生活。我看着那些在沙滩嬉戏的孩子、还有在海里畅游的人，感到内心安详且充实，虽然那时的我寂寞。但有了这样的衬托，寂寞也就有了温度，不那么冷了。躲进深山中，其实完全没必要，我们都是人，是人就得食人间烟火。我甚至想，古人那些隐居的想法是可疑的假设，那也许只是一种思想上的寄托而已，并非真要与世隔绝。因为这，不一定能让我们活得更好。

在那么短暂的几天里，解放了我平日紧闭的心扉，让我感到从未有过的轻松与喜悦。我不需要再去担心什么，可以像个率性的孩子，尽情尽兴地说、看、听，不必再有多余约束，我已经很久没有这样的愉快。我用这短暂的离开反观原来的生活，发现我的生活有许多错误。于是，我认定，任何时候，我们都需要这种有距离的离开，才能看得到生活真实的另一面，让自己不再迷失。我来到公园，就是希望自己能有一种相对放松、自由、空灵的状态，能用清醒的目光重新审视自己。

我习惯慢慢地走着，这样就不会因为过快、过急而错过什么，这种姿态是我所向往的，能让我发现许多东西。

公园临湖而建，沿着湖的曲线修起一条曲折盘旋的小路，路两旁都栽种了花草树木。这样才好，弯弯绕绕才显得有韵味，有层次，有意思，让人有遐想、有期待，否则一览无遗，再大的空间也显得空洞、苍白。两旁的花草树木就更妙了，把小路掩映在绿色中，让原本丝毫没有美感的水泥路都显出它的白色之美。走在这里，甚至能联想起一些美好的词组：一路芬芳，一路生机。这该是我们所向往的境界与追求。我不知道路旁左侧的小黄花是什么，有点像菊花，只有一元钱硬币那么大。它很小巧，惹人怜爱，星星点点地散落在绿叶上，凸显那纯洁的淡黄。它虽小，却有一种超越身边事物的安静身姿让人为之驻足停留。

湖边的柳树是我喜欢的，它的姿态自然不用多说，婀娜多姿，非常柔美，充满灵气，让人的思绪跟着飘忽起来。当斜阳的一角余晖洒在它身上时，便制造出梦幻的词境。阳光的金黄，柳树的鲜绿，还有深绿的湖水反射出的波光粼粼正好一起映照成一幅唯美画面，鲜艳无比。水面如丝绸般飘动，柳条柔韧，柳叶轻巧，这一切的视觉感官让我坠入梦里，静美。那时，让我想起青春时光，它们太像了，都是一样的浓墨重彩。我们都曾有过那样美好的年华。世界有很多不公平的事，但时间是公平的，看我们如何支取。而我又在想，在那样绚烂多彩的年华里，我们都应该放肆一回，只要不太过分。否则，我们就是失去自己，失去生活。每个年纪，都应该有每个年纪的生活，如此才不会辜负年华。

就像这些柳树，假如我不留意它们，那么再好的风景也是徒然，就算让我走遍全世界，也毫无意义。当我走过这些柳树时，我又有了一个想法：我这样的行走跟人生的旅途何其相似。总在某个阶段停留，投入，然后又奔向新的前程。不同的是，人生永远没有回头的可能。从这个角度上看，人生从一开始便注定着失去。离别，就是确凿无疑的永恒真理，但我们又用不断的抵达冲淡这种离别的苦涩与忧伤，遗忘过去。

我们什么也无法改变，就是好好地活着，这就是全部。有什么能比好好地活着更有分量、更有说服力？好好活着就已经统摄一切，毋须多言。所以老子说，道法自然，就那样本真地存在、活着才好。

走到一个拐弯处，眼前豁然开朗，因为这里能看见很宽的湖。湖算不上大，但对人来说，也够大。我经常在那里停下，临风伫立，可以感觉到某种苍茫。想起另一组词：苍茫如幕。莽莽苍苍，覆盖一切，淹没一切，它是如此强大，就像生活，而个体是渺小的。每次站在那里，总会没来由地想起苏东坡的两句诗："倚杖听江声"和"小舟从此逝，江海寄余生。"

"倚杖听江声",说的是苏东坡深夜三更喝酒归来,但家童已睡,叫门不应,才去江边独自伫立。那个寂寞的深夜,他应该想了很久。他知道自己寂寞,但已坦然,不再需要外在的任何声音认同自己。正如他所说:自喜渐不为人知。做好自己才是最重要的,但这过程漫长且艰难。其中的滋味复杂难言,显然不是几句简单的话就能说清楚。"倚杖听江声",也是需要勇气的。但其实没什么新奇,我们每个人经常都这样做,只是形式不同,程度不同,没有苏东坡的深刻与大气。就像我此时在听音乐,外表平静,但内心正激荡起一股股风暴。我同样有许多复杂感受,再想起生活中的事,就更加繁复纠结。

"小舟从此逝,江海寄余生。"其实,就是对远方的一种向往。同我们一样,就是想永远在旅途上、在路上,永远处于未抵达目的地之前的那种充满向往、期待、欢喜的状态,摆脱生活的沉寂与无趣,忘记生活里诸多烦人之事,让内心安宁。这又切合诗人兰波的话:生活在别处。是的,生活总是无法让我们满意,我们只好去幻想、去做梦,但谁又能说,这梦就没有意义与存在的价值呢?到如今,我们其实都在向东坡同志学习,走他留下的老路。历史,总是惊人的相似。

经常绕过某段好走的水泥路,走空地上的一条土路,因为那里有几棵小树。树不大,但很青翠,富有生命力。它们参差错落地立在土路两旁,姿态横生,像几个好朋友一样互相呼应着,枝叶正好覆盖住小路上的天空,阳光透过稀疏的叶子照射下来。我走过去,抬起头,在一片翠绿与点点的金黄中撞到某种诗意。它们,让我想起树林的神秘意境与画面。我一下子穿越了某种神奇,而人生,不也是一种穿行吗?穿过坚硬的物体,穿过实在的生活,穿过人情的冷暖,穿过隐秘的心情感受。我们穿过许多事物,好的坏的都有,酸甜苦辣都有。这像一种历练,但我们不能丢了自己,并且永远要保持对生活的无限热情与向往。

再往前走不多远,就来到绿草茵茵的空地,一大片平整的草地,让人看了很舒服。草地上栽了些小树，不多也不高，两三棵凑在一起，只是点缀。长短不一的石椅散落在草地上，有张石椅就处于两棵榕树茂密的枝叶下，我又撞见了某种唯美。这里可以容纳好几百人活动，很多孩子都在这玩耍、奔跑，有的还在这放风筝，好一派怡然自得的景致。忽然想，我们肯定都经历过这样的好景致，但不是永恒，所以要懂得好好享有，别让它匆匆流走。同时，这也是我们所希望达到的理想生活，并努力去创造。相比之下，公园里那些裸露的土坑则是丑陋的，像是由痛苦的痉挛抽搐而成。我们肯定也都有这样的时候，但不要被它淹没。痛感是一种事实存在，谁也无法避免，但要看到更多痛感之外的东西。这使我们超越一切不愉快的事，超越那些混杂的色调，超越当下失衡的生活，从一团灰色中寻找到闪光点，让自己不因外界的因素而失去自己的光彩与活力。纵然身边一片苍茫凄迷，但至少，我们还有自己，谁也无法再剥夺走。

每次看着孩子在公园开心地玩耍，总是很高兴。他们脸上那灿烂、率真、毫无矫饰造作的笑容，总是让我很感慨。孩子眼中的世界总是充满无尽乐趣，孩子是最热爱生活的人，给了我们某种暗示。但曾经，我们也是一个个活泼快乐的孩子。在这转变中，我们究竟丢失了什么？

黄昏的时候，我用这样的行走让自己走得更远，抵达得更深。黄昏的时候，一切开始归于宁静，白日渐渐隐退，暮色慢慢降临，又开始一个新的轮回。

夏夜的公园

夜色还没到来时，我就在公园里了。

每到夏日黄昏，我都会一个人在公园慢慢地走着。走着走着，就不知不觉走到夜色里。这很诗意，走到夜色里，有种唯美、梦幻的意境，带给人美妙的联想与愉悦之感。

那时，正是天色将暗未暗之时。有一天，我抬头看见许多鸟在高空展翅飞翔，它们像一张张纸片在飘，自在极了。它们能飞，我不能，但我可以用一种舒缓、从容、安静的脚步来补偿、接近，走出那么一点意味。

天越来越黑，在夜色还未完全降临时，路灯先把夜空点亮，像一朵朵莲花渐次盛开，把柔和的光由里而外地向四周挥洒。一切都迷离了，因为有了光影层次的变化，夜的氛围正在四处慢慢升起，渐渐加浓。白日的喧嚣与直观渐渐散去，夜的宁静与隐秘正在浮现，这正是夜的好处。一切变得安恬。夜色是奇妙的颜色，模糊了一切，隐去了棱角，也掩盖了丑陋的物象，只有写意的轮廓感，就像中国的水墨画，只需点染几笔就有了韵味。

那时，游人还不多，公园有种深沉的宁静。公园依湖而建，我常沿着湖畔曲曲折折的小路走着。岸边栽着柳树，围住了整个湖。柳，是与众不同的。只有它的枝叶向下垂，柔如水，叶子细长、轻巧、翠绿，枝叶并不繁茂，但错落有致，有点不食人间烟火，很有飘逸之气，让我误以为不该是人间物。我喜欢从柳树下走过的感觉。

它们很低，触手可及，像一个半圆的球体稀稀疏疏地遮盖在头顶上，不空洞也不浓密，恰到好处，点染着诗意与梦幻。我觉得它们是站在高处俯视，凌空而舞，因而有了轻盈、洒脱的姿态。假如它们也和我一样低，就不会有那么优雅、挺拔的身姿。站得更高，自然看得更远，拥有更大的空间与自由，就不会被过于有限的空间所限制。谁说生活平淡没有诗意，此刻便是最确凿的诗意。它们让我感到朝气、活力，想到夏日的明亮与热烈，想到一树蝉鸣，想到孩子们欢快的游玩场景与天真的笑声。

天完全黑了，月亮升起来，淡黄、唯美，像是颜料染出的。如果从柳树往上看月亮，就能理解古人所说的"月上柳梢头"真是一点也不夸张，月亮仿佛挂在柳树上，很有亲近感。如果从柳树的枝叶间看，那月亮随着你的脚步在枝叶间若隐若现，仿佛藏在柳树后，倒像一个顽皮的孩子在和你捉迷藏。这让我想起小时候的事。

儿时的月亮似乎总是很亮，那时家里经常停电，但我们一群孩子常在户外的街道玩耍嬉戏。街道并不黑暗，月光柔和地铺洒出一片轻盈的光辉，淡淡的，却很有光亮感。我们在月下做各种游戏，月光的清辉给记忆染上一层如烟似霭的氛围。那时的安宁与祥和真令人向往，没有孤独寂寞，现在却很难再有，尤其是那充满欢喜的心境。

现在，我也只有公园这一时半会的宁静，生活太过匆忙，总需要一些沉淀的时刻。路灯是恬静的，造型古典，有种安然的气质。那些掩映在树叶中的灯半明半暗，有隐约的朦胧美。路旁的草长得很快，有半米高，它们的末端分叉开来，并不浓密，稀稀疏疏。在夜色中，在路灯远远的映照中，它们像腾起的一层白色雾气，浮在上面。这让我想起朱自清的《荷塘月色》，安宁，静美，弥漫着淡淡的月色。其实，我也有过一个荷塘月色。

那是一所中学，以前，我经常去。它不大，但很合适。那些荷叶一片片地铺展在水面上，像悠闲的小舟在水上飘荡。那些粉红的荷花则高高擎起，有的打着花骨朵，有种傲岸身姿，仿佛要冲向天去；有的悠然大方地向四周盛开，尽情地展示自己的高雅。它们颜色鲜艳，让人浮想联翩。站在荷塘边，能嗅到植物的清香，无论是叶子还是花，也能感受到丝丝清凉。鱼儿就在荷叶下自由地游来游去，没人会去扰它，还有不时从池塘深处传出的几声蛙鸣为荷塘增添几许动感。这种时刻，令人心旷神怡。生命的时光如此安恬，怎能不令人心动？或许也在提醒我，要懂得给逼仄的生活添加点色彩，就像荷塘，因为有了花、叶、水、树、鱼、清风、蛙鸣，构造出一个诗意的生活空间，让人身心愉悦。或许，在不如意时，我们都要学会营造这样的世界，让自己有一个温暖的港湾，不被风雨所打倒。

在灯光中，我还看见一棵繁盛的榕树，在微风中，叶子轻轻抖动，仿佛在展示它们旺盛的生命力。树下还有一张长椅，静静地守候着什么。最喜欢这场景，它们让我想起青春，想起学生时代的肆意与飞扬，想起那时的色彩与幻想。那些日子真的就像涂满明亮的油彩，每一滴都是如此鲜艳、生动，每一滴都有着七彩光辉。青春，就像这榕树，永远充满生机，永远不会在时间的长河中褪色，永远值得留恋、回味。青春，是教会我们不失去美的年纪。

走累时，我会到公园南大门的草地上坐。这里有假山石，有隐伏在草地里的曲折小径，有供孩子游玩的沙坑，有供人们锻炼的体育设施等。我常坐在一块低矮的假山石上。这里的树和别处不同，它们并不高大，因为小巧，显得可爱。它们三三两两地分散在草地上，有层次地遥相呼应，错落有致。这里不需要大树，否则挤占空间，让人压抑。路灯也不多，只有两盏，但细长，风格现代简约。这些高高的灯，在各自的角落洒落一地光辉，把树的影子打在草地上。被树影遮挡的地方就是个光影世界，人往其中一坐，就有隐秘之感，别人认不出你。你大可做自己喜欢的事，约几好友闲聊，再合适不过。

假山石有高有低，分散一地。举目望去，这边一个，那边一个，很有层次，并不乱，是杂中显出规矩、错落。有的是一块大石头独自摆在那里，有的是几块石头叠加而成，有的只有椅子那样大。我喜欢坐在假山石上，就是想更接近大自然的气息，更本真一点，不要再带有多余的东西。生活已经有很多附属的东西，回到自己的生活，就应该把它们放下，让自己轻松点，做回自己。

我习惯安静地坐着，看着。公园附近都是三层的小别墅，它们在路灯下显得静谧，像是小时候玩过的积木。繁华与寂寞在此刻映照。公园外熙熙攘攘，公园里一片宁静，公园被包围在繁华中，像是一处港湾，这里有一种远离生活之外的安宁。或许，生活真的在别处。远处宫殿风格的高楼流光溢彩，把倒影投在公园湖中。繁华与寂寞，在此刻更鲜明地体现着。不过，再多的繁华也需要一种厚重，否则，只是虚有其表。就像我们，需要财富，也需要精神的丰盈。

草地右侧还有一条长廊，我经常从那走过。长廊顶上栽满了炮仗花，覆盖整个长廊顶部。葱郁的叶子着实让人心生欢喜，有的都垂下来。走过一根根长廊立柱，像是穿越时空隧道，让我想起童年。这里很适合孩子追逐嬉戏。旁边就有孩子玩耍，拿着会发光的玩具，往天上抛，它们类似会飞的圆盘，在夜色中明明灭灭地闪烁着孩子的快乐与天真，他们最能体会生活的无穷乐趣。

往公园右侧曲折的小路望去，小路两旁的树层层叠叠，因为蜿蜒显出丰富的意味。那些静止的树像凝固了，完全是一幅立体画，像有人把它们拿出来摆在一起，用树的空间构建起一个好看的视觉空间。有高度，有色彩，有变化，有远近。再看湖面，黑暗之中，湖水漫漫，总让我想起苏东坡那句"小舟从此逝，江海寄余生"的诗句。显然，苏大学士也只是嘴上说说，给自己一点美好的寄托罢了。生活中，谁也不可能这样。生活，让我们无法逃离，而是要背着行囊坚持行走。这大概是种自我安慰。不能说没有意义，这是给自己点念想，这样生活才会有不同寻常的乐趣与光彩，否则就太沉闷。当然，它改变不了什么，只是让我们内心充满安详、宁静。有了宁静，任何事情就都能坦然、从容应对。

再回头看月亮时，已经变成杏黄色。若是看久，会觉得月亮像盏灯，悬挂在空中，柔和、朦胧得让人向往。就像过去画的一幅水彩画。月亮悠闲地躺在云朵里，挂在右上角，底下是一间房子。房子里有一张书桌，还有画卷，月光透过窗户，洒在屋里。书桌前有一个唐人装扮的书生，衣襟飘飘，背着手在屋里踱来踱去，月光正好照在他身上。我觉得，月亮就该是这种意境、氛围。所以那时，我给月亮染上杏黄的颜色。我又觉得，我们也该学学月亮的悠闲。匆忙会让我们错过许多东西，缓慢同样需要，能让我们看到更多东西。你看，不管世间如何纷扰，月亮总是超然于外。它永远是那样朦胧的美、诗意的美、写意的美。我们一抬头，就会被它所打动，因为我们都太匆忙了。

我已经在公园里走了整整十年。那十年里，体会出一些生活的酸甜苦辣，过去的朋友早已远离，只有我还孤身一人。或许，当青春走后，我们每个人都得面对越来越平淡的生活，还有生活不断给予的责任，我们不能再像儿时那般天真、幼稚，成长是必须的。

这样的夏夜，这样的公园，我只为放松自己的心情而来，但也不能太过长久，毕竟这只是生活的一小部分，还有更重要的事情要去面对。就像这个夏天即将过去，虽然不舍，但终究会离去。当一切结束之时，我也该走了。月亮依旧，我也依旧，生活仍然依旧。

在小城安静地生活

有时，我想，我大概会在小城平凡地度过一生。

这没什么不好，反而拥有更多的自由与宁静。

就像夏日黄昏，我常常一个人到公园湖边的台阶上闲坐，吹着风，看眼前青绿的湖、远方墨色的山、头顶上高远辽阔的蔚蓝天空，任思绪漫溯无边。夕阳的余晖仍金亮有力地投射在公园里，湖面上还有一叶小舟在寂寞轻摆。这种颇具意境的画面让我想起很多美好的童年记忆与思绪，甚至心中都回荡起童年小伙伴欢快的笑声，恍若昨日。于我，这就是《瓦尔登湖》式的诗意生活，也是小城仅有的诗意存在。

在小城，除了公园，我没有更好的去处。小城只是座县城，注定格局只能如此。但我仍愿意叫它小城，这样更有诗意的美感与遐想的空间。

近年，小城加快城市化改造，旧城区倏然不见，新楼盘不断建成，到处都是新式建筑。原来的闽南古厝已成历史尘埃，取而代之的是以商品房为标志的城市建筑；原本狭小的老街变成宽阔的沥青公路，无不闪耀着新的光泽。新的绿化在小城四处开花，在人行道上，在公路绿化带上。尤其是新建的公园，以古典融合现代的造型，显出新潮的城市化气息与丰富的意味。

小城的确变美了。走在街上，那些精致具有现代风格的路灯展示着造型的艺术美，一路平坦的黑色沥青公路显得深沉、宽广，路边斑驳的小树显得风姿绰约。小城还在不停地建设，规划出一个个新区，比如充满古典风格的"府前唐街"，单这名字就让人遐想。这里将把明代文庙、旧县衙、城隍庙、清代帝师故居等闽南古建筑连接成片，把小城历史文化融入现代化城市建设。假如真能重现小城千年古韵，复原曾经的历史真容，无疑令人充满期待。

走在街上，你能看到建筑物崭新的色泽与棱角分明的线条，看到路的宽敞与整饰。唯一有灵动色彩的是人行道上的树，整排整排地向远处延伸，直到路的尽头，像卡通里的中世纪列兵。树不大，但排列成行，也有层层罗列的纵深之感，形成一个立体的通道与空间，多了层次感。树，俨然是小城的灵魂。它用柔软、天然点缀着小城，撑起一片绿荫的天空，让小城不那么坚硬。是的，小城不需要那么坚硬。

当夏日的一阵清风拂来，整排的树随风摇曳，绿叶在灿烂的阳光中欢愉地抖动，我看见确凿的诗意漫溢开来。这让我想起梦幻的青春，想起青涩的校园，想起烂漫的毕业季，想起一树繁花的意象。忽然觉得，小城恰恰需要更多这种类似柔软的氛围与诗意，而不只是新建筑那么简单。

我渴望的小城应该有多种独特元素，有优美的大自然风光，有一大片干净、整洁的田野，繁花盛开。比如，法国普罗旺斯的薰衣草，有童话般的色彩与气息，不是简单的漂亮，而有梦的感觉。有充满艺术感的独特建筑，如江南水乡，让人驻足流连，不嘈杂，显得恬淡、优雅、从容，可以在小桥流水旁闲品江南的古典风韵。有热闹的街市，在路边简单的遮阳伞下，就可以悠闲地闲坐、喝茶，感受生活的慢姿态。人们各安于自己的工作、生活，如同一幅描绘生活百态的市井画。小城每个地方各有特点，都能独自成为一道风景，无论是人，还是物。

于是，在那样的小城，你可以背着相机到处走走，欣赏沿路的风景，包括看人们怎么劳作、忙碌，看别人雅致的房子，甚至可以走进主人的花园和他们随意攀谈。人们友好而善良，更有对文化的热爱与崇敬，活在富有生活情趣的氛围里。在那里，没人会把你当作另类，反而把你当成一个有趣的游客。这是多好的场景和向往。

在晚上，我经常去走走。穿过充满商业气息的嘈杂街道，转向小城远处边缘的公园。路上，你会有种从迷离的繁华走向质朴本真的感觉，仿佛褪尽铅华。弥漫声色光影的光亮世界渐渐被甩在身后，一切渐渐平息，仿佛是在沉淀灵魂，直至最后的空旷、宁静，只剩无边的黑夜。当公园的灯不亮时，你能见到那种久违的大自然黑夜，黑得深邃、绝美，像一团浓淡相间的墨，那些薄薄的浅黑夜空犹如被一团墨气所覆盖。你能嗅到那种浩瀚无边的宇宙气息，星星在夜空晶亮地闪烁，天空充满巨大的神秘感与无限的想象空间。这才是真实的黑夜，城市的天空太亮，缺乏这样纯粹的黑。这时，公园静谧，能听见草丛里窸窸窣窣的虫叫声，让我想起童年停电的晚上，我们一群小伙伴在月下尽情玩耍的欢乐。

唯有公园才有这样柔软、轻盈、自在的氛围，能够触发那些潜藏的诗意情愫。公园，俨然是生活的自留地和后花园。在这里，可以暂时忘却生活本身安享时光之静好。隐在夜色中，多一份自在，多一种生活状态。

有时，我会随意走走，漫无目的，看周围的花草树木。它们安静得像凝固的建筑，一大片一大片满是，这种空旷制造出另一种隐秘的空灵，令人遐思。人在其中，就有些不知今夕何夕，乃至恍惚间，以为回到古典的唐诗意境里。走在隐没花草丛中的曲折小径上，很轻易就能撞见闪光的思绪。这些蜿蜒小径就像迷宫，周围被树、花草所遮挡，天上星光熠熠，夜空浑然一色，你与大自然融为一体，大有山河大地皆在我心之禅境。此刻，平常身心所有坚硬的感觉都被融化，神思飞扬，你能体会到柔软的强大力量：生命的状态是如此安详、舒畅，有轻微、绵长的喜悦从内心源源不断地流出。

　　回忆，遐想，散心，乃至此刻的孤独，都是好的，这是属于心灵休憩和玩耍的时间。而在平日庸常的生活里，更多的是坚硬、琐碎与乏味，还有浮于表面。有时想，生活不该仅满足于感官的欢愉，更需要丰富心灵的支撑。

　　人们都向往一种诗意生活，迷恋海子那句充满温暖、梦幻的"面朝大海，春暖花开"，却不知道，如果不往自己的内心寻找，再好的外在条件，也会有厌倦、疲劳的一天。正如旅游，人们在自己的地方呆腻了，又去别人呆腻的地方走走看看。但是，再好的旅途终究只是人生路上的短暂停留，最终还会回到原点。更何况，平淡永远是生活的主题，从来就不会有那么多的五彩斑斓。因而，淡然且不被庸常的日子所淹没，才是真实并且可以触及的。诗人，并非神奇，而是他们总能洞察隐藏在平凡生活中的点点诗意。诗人的特别在于，有一颗敏锐、超越生活表面的赤诚之心。因而，总能发现生活之美，不论是在什么时代、什么环境，诗人眼中的世界总是星光闪耀。或许，在这浮躁的世界，人们对此早已麻木不仁，甚至不屑。但是，在声色犬马的光影背后，仍然掩盖不了苍白、空洞的灵魂。于是，很多人只好不停地追逐新的消遣方式代替旧的娱乐方式。在短暂地获得快乐的体验后，很快又感觉空空如也，活在这种无休止的循环中，却始终得不到想要的深层体验和满足感。它们更多的是浮光掠影，无法与灵魂产生真切的共鸣，得不到心灵的滋润。人们活得有些淡漠，对自然、对美的感受力退化。相比从前，现在物质足够丰富，但快乐似乎变少。

　　我在小城过着简朴的生活，相比生活条件优越的人，少了许多游玩和聚会。空闲之余，许多人可能喜欢游玩，可以自驾游，有足够的经济来支撑旅游以及各种奢侈消费，用一身的光鲜亮丽与气派换得自我的满足。我并不太在意这些，虽然世俗总会戴着有色眼镜审视每个人的外在，并且加以评判。

我自有我的世界，心大了，无处不安好。我可以整个晚上呆在家里，看书、写字、听音乐，上网看漂亮的图片和画作。在我脑中，常能延展出一片广阔的天地，借助这些通往艺术思维的媒介。我不觉寂寞，甚至有沉醉不知归路的感觉。比如，一幅插画里，有两个小男孩在被四周房子隔开的长方形空地上玩耍。小男孩显得渺小，在画的左后下角；而右前下角的树非常高大，那浓密的树荫几乎遮盖了整个空地，阳光被遮挡在右侧墙壁上。整张画作充满温暖的淡黄色调，与青绿的树互为映衬。这是个夏天，这个角落弥漫着安静、唯美的气息。高大的房子仿佛一道屏障，隔离出孩子天真、烂漫的世界，牵引我走进梦幻的氛围，这就是美妙的愉悦和享受。或者，还可以回想我的童年，唤醒一些相似的记忆。

或许，因为这样的思维，让我活得更多，而从不担心寂寞。有时觉得，我们的生活现实还太粗陋，举目望去，周围环境缺乏足够的文化品味与艺术美感，又怎能感受到真正的温馨、唯美、梦幻。或许，因为我们还缺少对文艺的认识与了解，所以少了很多快乐的心灵体验。

有时，我更多地从那些有内涵的音乐里汲取力量和诗性的思绪，而现实恰恰缺少这些。音乐，始终能抚慰人们的心灵，但只有懂它的人，才能真正体会音乐里所隐藏的丰富生命体验和故事，从而实现心灵的共振和感染。那就是置身天堂的时刻，世界皆在我心。那时，你能感受到情感的张力得到最大程度的释放与爆发，感受到最触动人心的力量与氛围。我以为，这种氛围就是生活美好之所在。

有时，我会到某个时尚商场前的木椅上坐坐。这些木椅精致，有漂亮的弧线，立在步行街上，在简约现代风格路灯的映照下，充满都市的气息。这些木椅就是静默的柔软，呵护着倦意的路人。忽然觉得这就是城市的诗意，这是小城所有商场中唯一有木椅的地方。但是，当我一个人坐在那仰望星空感受思绪的飞翔时，常有人奇怪地看着你，我只好浅笑而过，多希望自己是游走在陌生的城市里，隐匿在繁华的灯影中。

我在期待一种有意思的生活。什么才是有意思？或许，是有一个让人流连忘返的地方。可以在那看风景、散步，在小店里流连，无处不安好。比如，有一间雅致的书店，不只是书，而是充满文化品质的气息。往那一坐，你就知道，这是书的天堂，绝不会让你有其他想法。就如商品，各有各的独特属性和功能。每样事物都有魅力，没有一样东西显得多余。可以在冬日午后的公园里闲坐，晒着太阳，看鸟儿飞翔，看大自然的光影，感受自然之美。可以有三五真正的好友，只要有空就可以小聚一番，彼此分享生活的酸甜苦辣，有着相似的气质和追求。可以参加一些有趣并有价值的活动，大家其乐融融，获得心灵的共存感和满足感。

还应该有一所真正意义上的大学，它是种文化学术象征，有了它，一个地方就显得厚重、充满朝气，不会小家子气。比如福建师范大学老校区有条"学生街"，虽然与大学没什么关系，虽然只是狭窄的老旧小巷，但年轻人淘物的身影与琳琅满目的廉价商品，早已成为城市靓丽的风景，相信许多在福州读过书的学子，都在那里留下不少记忆。或者，闲暇时在大学校园闲坐，都能感受到灵魂的净化与升华，仿佛进入一种清远深美的意境，我们需要这样的氛围。

最好还有海，这让我想起画家独自一人在海边画画的场景。但我们不要清冷、孤独的因子，而在于一种情怀。海不用多大，足够倾听就好。不是浪漫，而是海能让我们宁静或者心飞扬。在海边松软的沙滩上走着、跑着、坐着，或者看嬉戏的人群，做一个温暖又独立的现代人。

卡夫卡说："遥远的事看得最清楚。"我忽然有所领悟。或许，像我这样的人，注定是个边缘人，生活波澜不兴。不爱与人争抢什么，但爱自然，爱艺术，爱自己喜欢的东西，更多的活在心灵世界里，而不是过多地追逐利益，如同虔诚的朝圣者。我在别人眼中一定很弱，但各有各的选择，大抵坦然。

现在，生活在我看来，在某种层面上如同风暴。当你在某些方面与别人不同时，就会招来质疑，轻视，嘲笑，应有尽有。人们习惯于当别人的审判者，来一番品头论足，以显示自己的高超，凸显别人的弱势。殊不知，当众人的口风形成一个大气候时，无形中就成为戕害别人的罪责。而我想，人们真的能从中获得什么吗？

或许，生活本就如此，不必过度美化，也不必丑化。我们需要的不只是城市之美，更需要心灵之美、人性之美，应该努力让生活变得更好。希望总是有的，能够一路负重前行，才称得上真正的人生，才使生命显得更加珍贵。

生活的美依然存在。这让我想起某个人的故事。她只身一人来到深圳，没有工作。有一天，她和年长的邻居闲聊，随口说说想成立音乐工作室。不料，这位邻居就帮她四处张罗，发放传单，不久就成立工作室。再后来，这位邻居还推荐她到当地小区的幼儿园任教。只因邻居看到她具备良好的品德素质与专业能力。这真是人性中极其温暖的一面，一个素不相识的人，竟然能如此热心帮助别人，只因看到对方有那样的能力。或者，也可以是微不足道的美，比如与好友知心地谈天，也能博得我们欢愉的一笑。与美同行，与丑陋自觉分离，人生路上，自然风景无限。

好吧，我就这样在小城安静地生活。不断地让自己变得更好，不断地调整自己，不断地过更有质量的生活，只是希冀自己的人生不要一片苍白，如此就好。

尘世微光

我来到这间隐藏在热闹繁华街市中的新书店，它躲在县城某个城市综合体的四楼上，不像其他书店明晃晃地矗立在路边，静默如谜。

我推开门，这里显得雅致、静谧，与过去所见的书店大不相同。一盏盏小巧的黑色射灯挂在天花板的黑色支架上，投射出一片片暖黄、柔和的灯光。光所能照射到的地方，耀眼明亮。光被遮挡的地方，暗影重重，形成明暗斑驳的光影层次。书店各个角落摆放着一盆盆精致的花草，点缀着大自然绿色的气息。

这个长方形书店除靠墙位置有书架外，在占据书店一半空间的左侧，摆着十几张一米高的书桌。有的书平躺在上面，有的书斜放在桌上一个个小书架上，但大都让书的封面大大方方地面向读者，一目了然。书丛中，还有几尊半米高、用于素描的"大卫"石膏像，以及精致的法国埃菲尔铁塔模型，让这一切颇有艺术感。

有些书架更有意思，做成一米多高的骆驼形状，往左右两侧的木隔板放书，载书而行。有的书架做成树形，不规则的树枝向上翘起，书放在里面，一派欣欣向荣、向上生长的生机。这些譬喻足够生动，暗含某种指向。在天花板的黑色支架上，悬挂着路遥等著名作家的简约素描画像。仿书法宣纸的长卷纵向铺展在书店左侧的黑色天花板上，呈现波浪般起伏的完美弧度悬在半空中，长卷上有浓墨泼洒的书法和图像，营造飘逸的古风氛围。

书店右侧，有一半空间密集地摆放着多个长一米六、高两米多的书架，每个书架有七八层可供放书，直抵头顶上的射灯。博尔赫斯说："天堂就是图书馆的样子"。此刻，我确信。这些书架间空间狭小，只有一米来宽，高大的书架让人看书直需仰视。在这里面转悠，有点坐拥书城的味道，仿佛隔开另一个新世界，哪知外面商场的繁华与嘈杂。浅黄木纹理的书架，暗黄色的木地板，暖黄色的灯光，把书架上的书映得特别醒目。是的，这里的主角是书，是心灵之光，而不是其他任何物质的一切。

令我意外的是，这里没有任何学生教辅类的书，更多的是社科、人文、历史书籍，尤其以文学类居多。这里有古今中外文学名著，但以现当代文学为主，并且还有许多当代外国作家作品。这里的书门类众多，有推理、悬疑、科幻、哲学、作家作品全集、人物传记、当代名家专柜等，我还找到一些在专业领域才能为人所知的书，这是其他书店所没有的。

书架前方的另一半空间是书吧，摆放着十多套桌椅和沙发，供人免费看书，但这里需要消费最低十五元起的饮品，不算便宜。话虽如此，我常见学生来书吧，书店管理员也不会一定要他们消费。很多学生来这不是看书，而是复习功课，拿笔做题，有的甚至戴着耳机，享受这里环境的恬静和舒适。我想起自己当学生时无处可去，跑到荒郊野外的石头上读书的场景，结果被风吹得喉咙都沙哑了。现在的学生，足够聪明，条件够好，他们找寻自己想要的学习生活。

书吧里学生居多，但我也见过一些妙龄女子。她们经常从书架上一次性挑上好几本书，点杯饮品，坐在角落看书，仿佛身上弥漫着山野般的宁静。有的甚至带着手提电脑，照样打开电脑编辑文档，可能也在写点什么。她们年轻、端庄、娴雅，充满都市气息。或许，她们也在寻找一种理想的生活，而这里给予她们想象中的元素和可能。

我还见过一对恋人，女子身材高挑，青春靓丽，皮肤白皙，穿着时尚，显出几分优雅；男子比女子矮小，有些黑瘦，衣服简朴，反差有些大。暑假的一段时间，他们几乎每天晚上都来书店看书，彼此很少说话，只是偶尔交流几句。等到临走时，两人才开始云淡风轻地聊些什么，并不吵闹。走出书店，我看见两个人一路上心满意足地手牵着手散步回家，这份爱情让我有些好奇。这间书店，成了他们的恋爱场所，这是种更好的浪漫。

自从有了这间书店，有事没事，我总喜欢进去走走、看看，但并非都看书。有时，只是喜欢这种舒坦的书香氛围，置身其中，能唤醒对书的美好念想，唤醒心灵世界，而不只是现实生活。有一天晚上，忽然下起雨，我径直赶往这间书店避雨。我无法回家，只好在书吧里坐下，找了一本汪曾祺的小说《受戒》陪伴。此时，书店没什么人。在我头顶上，亮着一盏鸟巢造型的灯，让底下光影朦胧，略微昏暗。透明的落地窗外，天空一片灰蒙，雨越下越大，反而觉得书吧愈加宁静。人们经常吹捧"诗和远方"，我倒觉得此刻就是，何需多远、诗意，这是我想要的。

我并不着急，直到把《受戒》这篇短篇小说详详细细、反反复复地读个通透，进入那个充满江南水乡意境的画面，回味无穷。等我抬起头，窗外的雨不知何时已停，天色依旧阴着，起身兴尽好回家，不辜负一丝一毫此行的时间和精力。

另有一次，我买了本美国作家教人写小说的《这样写出好故事》。我来到收银台，一位年轻、阳光的小伙子给我结账。

"你是老师吗？"他突然问我。

"不是。"

"那你写小说吗？"

"没有，主要写散文，看看作参考。"

"我也喜欢写点东西，能加下你微信吗？"他望着我，露出期盼的神情。

我为之震动，居然还有这样的年轻人喜欢写作、看书，写作是否能带来什么现实改变，这点我最清楚。我一向不喜欢加陌生人微信，这次我毫不犹豫。他说，写作是他的一种美好幻想，很想写点东西，只是知识储备不够，不知怎么写。我告诉他，不一定要看很多书才能写，现在就可以开始写，留作基本素材当练习；可以写触动自己的东西，喜欢什么就写什么，也可以边看边写，借用现在书店的便利条件。他说，半年内要看一百本书。我很惊讶，佩服他的读书量，我做不到。

我很奇怪，他这个年纪应该还是学生。后来，在微信上短暂交流得知，他今年才二十岁，因为家里一些事休学一年，本想借此机会打工改变惨淡的家庭光景，没想到现实很骨感，以至如今四处漂泊。他不是本地人，这间书店也是外来的。我没再了解太多关于他的现实生活，这是尊重，也是底线。人世的冷暖和生活的艰难从来都很类似，我早就经历并深有体会。任何个人艰难的现实生活都是多说无益，一切只能靠自己。

他自嘲自己就像路遥《平凡的世界》中的孙少平，说这个年纪有点尴尬，有野心没实力。我说，我二十九岁才写作，你现在才二十岁还很年轻，只要去写早晚会有收获。他说，现在心态相对好一些，不急不躁，慢慢积累。我在他身上看到困境中的不屈和冉冉升起的希望。

我走出书店，只见书店外狭长的走廊上方，悬挂着十多个长一米多的塑料透明吊板，每个吊板上都镌刻着各种选自书籍的名句，比如《阿甘正传》：生活就像一盒巧克力，你永远不知道你会得到什么。这句话在此刻可真恰当，生活就是这样。我抬起头，走在这些文字下，仿佛穿越了时空通道，看到一个个独特的精神世界，超越这平凡的生活。

　　我忽觉这书店，有种隐喻的象征。喧嚣、繁华、苦难必然存在，但生活仍可以在艰辛平淡中染上一点色调，并露出一丝微笑，就像那个年轻的孩子。

夏夜，去走走

一、路上

夏夜，是个好时节。此时，户外凉风习习，穿上一身短装，最适宜到外面走走。

出了小区大门往右拐，是一条新建公路。公路两旁又是新建的住宅小区，还未完全竣工，并不热闹。我喜欢走在这样的路段上，不喧嚣，不拥挤，偶尔有车如风一般穿行而过，或是有三三两两的路人迎面而来，顿时有种难得的宁静感，就像小车行驶在欧洲空旷田野的乡村公路上，安宁，恬静。我真希望，生活中到处都可以有这样的气息。其实，这个地方几年前也是一片田地。只是随着县城城市化改造的进行，因而建起宽阔的马路与高楼大厦。但地气是不变的，现在仍是一片清寂。

近年，县城进行大手笔旧城改造。县城大的环境变得漂亮，就像这条公路两旁的住宅小区，装上七彩的灯，从低到高，一层接着一层，顺次而上，到了顶层四周，又四散开来，像在描摹物体的边框。不同的高楼又有不同的颜色。有的是淡蓝，有的是暖黄，有的是浅绿，有的是好几种颜色交织在一起，形成一个立体交叉的光亮世界，让夜景变得璀璨。我时常仰起头看这些灯，觉得高远而梦幻，觉得小城的天空变大了，夜空就像海一样深邃、辽阔，有绵绵不绝的神秘感。相比以前小街道的夜空，壮阔许多。有句话说，不同的地理会造就人不同的性格特点。我希望，这种大气的环境，也能让人的心胸变得开阔，否则，就辜负了这大好风景。

走不多远，来到一座桥。桥下是条小溪，绵延地直通远方。我走到桥边路口向左拐，沿着小溪流淌的方向往前走，去公园。小溪以前很小，不过五六米宽，现在扩建后，有十多米宽，为的是防汛排水。以前小溪满是污水、垃圾，现在变得比以前干净，水流也舒缓。有时，还能见人下水拉网捕鱼。河道中，还运来假山石星点地散落在水中，充当景致。这便是人工改造的好处。

桥边有一条黑色沥青铺就的小道，外加一条靠溪岸左侧隆起的人行道。我喜欢这条白色的人行道，道上有小树。人走在底下，树叶在头顶上，再加上人行道上的路灯透过斑驳的树叶映照在身上，顿时光影迷离，很有夏夜的幽静气息。我在路边还看见一间冷饮厅，它有一个很前卫、先锋、富有内涵的名字："左岸"，一个来自法国塞纳河畔的词，但店外表丝毫看不出和左岸有什么关联，更不用说里面。它的装饰很简单，只是挂着牌子。没有文化内涵，景致就单调了。我瞥了一眼，转身离开。

二、江滨公园

我要去的公园有一个好听的名字：江滨公园。它沿湖而建，弯弯绕绕地环抱着湖。

这个公园就像盆地，中间低，四周高，整个公园都被公路环绕着。来到入口处，沿着斜坡的石阶拾级而下，就是三米来宽的主道，用红色砖石铺成，凹凸不平，但很光滑，不粗糙，呈不规则形状。在路旁现代风格造型的路灯映照下，竟让我想起法国巴黎香榭丽舍大街，脑中泛起艺术气息与欧洲城市的典雅之美。赤着脚在上面走，不会有任何不舒服，反而觉得清爽，接地气，连红色砖石都泛起暖白的灯光。这条主道有高有低地环绕着公园，走到不同的地方，往往有别致的感觉。

　　在入口处这段相对笔直的路上，显得狭长。路右侧，建有一道石墙，上面挂的都是当地孩子画作。我很有兴趣看他们稚嫩的线条，虽然不够老练，但别有一番天真气象与天然野趣。用笔朴拙，让我想起齐白石的花鸟虫鱼。水平自然不能比较，但那个味道很像。有些水墨画则空灵脱透，似乎看不出是孩子手笔。有时，我会一直站在那里欣赏，看看孩子眼中的世界是什么样，感受他们的心灵跳动。孩子是最有想象力的人。

　　路左侧，有一栋两层唐宋风格建筑。临湖而建，呈扁平四角形。二楼是露天阳台，左右两边建有两个唐宋风格亭子，是八角形尖顶状木屋。二楼阳台摆满一套套塑料桌椅，很适合朋友聚会，可以一览公园美景。我见里面漂亮，进去参观，只见前面通道有一个古典屏风。屏风中间有一个弧形拱门，拱门外两侧有镂空木格，上面摆着小盆景以及一个吹箫女子的艺术雕塑，很有造型感。但更吸引我的是，通道右侧墙壁上的水墨画。

　　有两幅画给我留下深刻印象。一幅是两只金鱼散淡地游着，鱼尾很舒展，像蓬松的花，画面干净，线条简约，一只黑色，一只红色，没有其他物体。一幅是少女图，身着绿色长裙，背对着站在河边，望着对岸的浓密树林，很有印象派味道，浓墨重彩。站在这两幅画前，生出许多艺术享受的美感与满足感。我拿起手机拍摄。忽然觉得，这就是享受生活，无需太多东西，生活之美就在此刻存在，不必刻意寻找。

转身走出大门，继续走。在晚上，这个公园堪称诗情画意。无处不在的灯照耀着，有的高耸在斜坡上，有的低低地散落在草地上，每隔几米就有一个。树是层层叠叠，再加上底下有七彩的灯光投射在树上，显出别样的绿，与建筑物相得益彰，如梦如幻。从任何一个角度看，都是风景。

　　不远处，我还看见镶嵌在窄小梯形屋顶上的大风车正随风而动，发出咿咿呀呀的声音，像孩子在吟唱。它的样子让我想起童话里的风车，想起荷兰一望无际的绿色乡野与郁金香。一种事物的存在，就是一种含义的象征。尤其是红色的屋顶和白色的风车搭配，有种童话色彩，仿佛那是一个走进童话世界的窗口。坐在风车底下，吹着风，朝远方的湖水望去，你就成了童话里的安徒生。这个场景足以让人感到暖暖的诗意，很想在这留影作纪念。

　　这个公园让我第一次产生无法描述清楚的想法，它太丰富了，很难能有条理地叙述。但没关系，为什么一定要描述清楚呢？正如生活，也没必要有一定的模式来对待。

　　继续前行，这条主道不全是砖石，有些地方建起木桥，底下是流水。我最喜欢走在木桥上，有时还故意用脚踩踩桥面，听木板发出清脆悦耳的"咚咚"声。我经常站在桥边，倚着护栏，看眼前漫漫湖水，吹着夏夜阵阵清风，遐想联翩。

　　记得第一次来公园，走到桥边，抬头看见球形夜空中挂着朦胧的月亮，天空浩瀚，虽然颜色深黑，但有层次感的变化；月亮像是画上去的，再看底下小桥流水，一下子撞到古意。我没来由地想起李白、苏东坡，想象他们如果活在这个时代，那该有多少妙笔华章产生。我用一点想象增加生活的一点绚丽色彩。

　　这个公园除了主道，还向湖中间修建一米宽的木栈道。它们纵横交错，让公园四处相通，走哪里都可以通向湖中间。栈道尽头处建有古典风格的四角形凉亭，有点像茅草屋。这些木栈道狭长、粗犷，护栏木头有碗那么大，很有历史沧桑感，让我想起三国赤壁。其实，不用说历史，说我们的生活就有这样的感觉。十年前，十年后，我们都会改变很大。若是回忆过去，会觉得惊讶，怎么改变那么多。但愿，所有改变的一切，都能让我们变得更加成熟；而没有改变的那些，却能让我们保留住生命中美好的本真。

站在亭子里看湖，眼前再也没有什么阻挡。风大时，水就泛波而起，呈墨黑色，颇有烟波浩渺的味道，湖似乎变得无边无际，有深邃感，这让我想起东坡的"小舟从此逝，江海度余生。"没错，我倒很渴望可以独自驾着一叶小舟去远行，去看看别处的风景，去感受这种我自独行的自由。生活太匆忙了，也太逼厌了，很需要这种悠然感觉。若是看久，有点神思恍然，感觉这是热闹之外的幽静之处。风景在人的心里，而不在别处。心中有风景，处处都可以是风景。

我喜欢走走停停，驻足凝思。可以想些什么，也可以什么都不想，不再勉强自己。这些年，我勉强过自己。忽然觉得自己真傻，我已经处在最平凡的位置，再也无法坏下去，还怕什么呢？为什么要因此恼怒而失去自己的好时光？我意识到要换一种心境面对生活。

那就独善其身吧，这也值得提倡。关心好自己，就像这个夏天，我依然孤独，但我知道，仍然要给自己一些温暖。我只记得，每天晚上都出来走走，散散心，度过现在这样一段毫无星光的日子。因此，我把公园当作自己的后花园。

记得有次停电，借着夜色，我走在公园蜿蜒的小径上，看着斜坡上空旷的草地像个小山坡，竟觉得像大学校园。我忽然充满欢喜，觉得自己年轻许多。不远处，有些中学生聚在一起烧烤，烟火辉映出一张张朝气蓬勃的脸庞，好一番充满青春气息的画面。我在路边的长椅上坐下，看他们青春的身影，听他们抑扬顿挫的声音。那晚，我被沉浸了，把它想象成大学校园一角，不知今夕何夕。

　　我还在继续走着，漫无目的，其实也不需要目的。湖中那些人工小岛很有意思。其实，也称不上岛，只有二三十平方米，却有点海中洲味道，令人回味。有的岛上还安放大水牛雕像，倒是想起几分唐人的田园诗意。城市的建筑文化的确需要好好研究，不同建筑会带给人不同的感官与心灵感受。这建筑最好能融入人文内涵，如此才有韵味。有韵味，风景自然就活了。

　　小岛上面的绿化挺好，树是参差错落，有高有低。草地上那些膝盖高的灯铺了一地银光，由于小岛上不去，因此显得干净、整洁。有趣的是，公园有几只鹅，它们潇洒异常，大摇大摆走着，不大怕人，惬意地在公园里自由来回穿梭，可以上岛，也可以在水中游，比人占有更大的公园，我是徒有羡鹅情。

　　路灯是璀璨的。在另一处出口，有层层叠叠、渐次而上的台阶，呈倾斜状。台阶上整排整排地罗列着路灯，每隔几米就有一根，颇为壮观。每根路灯上又有三盏小灯，中间高，两边低，呈扁平三角状。左右两侧的小灯分别向外倾斜，中间的小灯保持中正，再加上黑色的四角灯帽盖在暖白的方形灯身上，像中世纪卡通形象的列兵，又像一个人的笑脸，有些可爱。这个气息我喜欢，有喜感，有卡通乐趣，叫人心情也舒畅，似乎在告诉我，要多笑一笑。

　　风景很多，说也说不完，但我不想再写了。风景如果始终无法和人产生某种共鸣，那么再好的风景也只是徒然的摆设，不会有人爱惜。县城正日益繁华，可是，我却在想，什么时候，人们的心灵也可以这般雅致、精美，可以让人变得轻松。

三、记忆里的老街

从公园回来时，我常走另一条路。这条新建的路是双向八车道，车道两侧各建了人行道，人行道与公路用绿化隔开。人行道上的树很高，路灯更有十米高。走在底下，灯光从树叶间洒落下来，有种游走在城市深处的感觉。夏天在这里散步很合适，感觉安静、清爽，不似别处的喧嚣。

这里曾是我的旧居，我在那里生活了近三十年。但现在，旧居已被拆迁，老街也倏然不见，连老街原有的名字也改了，丝毫找不出任何与过去有关的痕迹与气息。

我开始怀念老街，虽然狭小，但曾留给我美好的记忆。小时候，旧居就在街道旁。老街两旁都是闽南古厝式的三角形矮低瓦房，一抬头，就能看见翘起的屋檐角，甚是好看。有时晚上，还能看见月亮在屋檐角上，感觉离我们很近，仿佛月亮真的就挂在上面，可以用手摘下来。我和小伙伴常坐在大门前长长的石门槛上，然后望着天空，胡思乱想地谈些什么。由于街小，只有四米来宽，老街两旁的房子把夜空圈小了，呈狭长的长方形状，但很祥和，有一种静谧之美，看着舒心，像探秘百科里的神秘世界。

那时，我们也经常上街走走。月光很亮，虽然有时停电，但街道仍可以看得清清楚楚，并不漆黑，到处都是一片浅色的白。我们多傻，走在街上，居然要和月亮比谁走得快。结果，我们快，月亮比我们更快，躲在云朵里忽隐忽现，好像是在嘲笑我们。我用手指了指月亮，这时，有人说不能用手指月亮，否则半夜里，月亮就会来割你的耳朵。那弯弯的月牙就像一把极其锋利的刀，我顿时感到害怕，连忙双手合十，口中念念有词：月亮啊，请不要割我的耳朵，我不是故意要指你的。我们还不停地谈起种种离奇的故事与传说，谈起种种危言耸听的事，谈得一派惊讶与迷惑，但最后，还是谈起更多快乐的事情。

  有时，我们还在街道小巷里玩耍，趁着夜色玩捉迷藏。月光淡淡的，笼罩在屋顶上，能看见那些长在屋顶上的小灌木，与沉淀了岁月痕迹的屋檐互相映衬，也是一种美。老街虽然破旧，但也有独特的地方。碰到逢年过节搞一些民俗活动，老街更是热闹非凡。记得以前的舞龙舞狮活动，众人举着火把，在老街游行，火光映遍整条街道。老街上，人头攒动，大家纷纷挤着去看，孩子尾随在长龙后面。鞭炮声，锣鼓声，欢呼声，响作一团，整个县城顿时成了欢乐的海洋，赶走清冷。

  老街还有一个难忘的地方，人与人之间很熟络。大家一到晚上，往往互相串门，或者搬出椅子到屋外乘凉聊天，有时甚至坐在小巷的石头上，一派其乐融融。左邻右舍谁家有自己摘种的东西，常常会互相分享。比如，夏季有什么李子、桃子，虽不是什么上好的东西，但那份真挚的感情令人温暖。相比现在越来越利益化的交换，尤其难能可贵。

  我每次想起旧居，心里总是暖暖的。比如，小时候和家人一起看电视，正播放着20世纪80年代的《八仙过海》。对孩子来说，这可是足够吸引人的神魔剧，足以让我幻想一回。夜是安静的，灯光是浅白的单色调，风扇在不停地转着，屋外小巷的虫子发出窸窸窣窣的声响，在那间仅有十几平方米的房间里，一切都是那么安详、宁静。躲在屋里睡觉时，听着屋外大人们的窃窃私语，居然觉得很舒坦，不是噪音，那是多么难得的人生体验。

  永远都不会再见了，亲爱的老街，亲爱的旧居，只能把你活在我的记忆里！

四、繁华的中心街

  小城有条最繁华的中心街："麦市街"。这名字有意思，一个"市"

字充满市井之味，也符合热闹繁华的氛围。多少年来，这里一直是县城的焦点，过去是，现在是，将来也还是。

街道两旁都是商铺，招牌漂亮，造型多样，颜色绚丽。店里的装修也气派，我总喜欢往里张望，欣赏。这条街的灯光很耀眼，以至于让我感到浮华，什么都留不下太深印象，它们太像了。虽然好看，但没什么特别。倒是有些冷饮店在人行道上随意地摆放几张塑料桌椅，显出别样风情，让我想起欧洲随处可见的路边咖啡：撑着遮阳伞，简单的几张桌椅围成一处，就是一道风景。

严格来说，在人行道上随意摆设桌椅是错误的。我希望，可以规划出这么一片区域供人休闲使用，也让城市风景更有品味，而不只是好看那么简单，像法国塞纳河畔的左岸街区，一个融合品味、艺术、文化的街区。这样的繁华才有分量，才是完整的。

这条街现在只剩"商业"两字，感叹之余让我怀念从前的样子。在2000年左右，这条街当然也是商铺林立，但有三间书店。那时，我们这里还没有电脑网络进入，所以仍有比较多的人读书、买书，书店才得以生存。书店里的书不仅有教辅，更有文学、艺术、历史种种人文、社科类的书。只要有空，我们就逛书店，而且每次都要走遍县城所有书店。

读书不用勉强，更不用听那些陈词滥调。我喜欢随意翻翻，只找有兴趣的东西看看，更多的只是浏览。乐趣在哪，单看书那些精美的封面就赏心悦目。倘若能读到自己喜欢的内容，那是一种心灵的极致享受，你也不一定要逐字逐句去读。我们那时逛书店，像人们旅游看风景。只不过书里的风景比较抽象，而现实的风景比较形象，但本质都一样，都有发现风景时的新奇感与满足感，心灵得到的体验很相似。

记忆里，有一间"晓风书屋"。这名字真好，有点"杨柳岸晓风残月"的宋词意境，而且这四个字用飘逸的行书镌刻在木制招牌上，古色古香。书店里有很多书法、画画、艺术类的书。书屋不大，三面墙依次摆满书柜，很有整体感。屋里全是木地板，踩在上面，软软的，整间书屋都是木的颜色，有种大自然森林的气息。我很喜欢看那些水墨画，比如齐白石的画有生活的自然野趣；而名人传记富有传奇色彩，内容情节一点也不比小说差，甚至更有意思。

　　那些日子大概因为年轻，心无牵挂，所以内心平静，很能享受生活，充满文艺气息。没有文艺，人们的生活会少了许多乐趣。我们的心灵需要文化的滋润，如果不懂文化，那么心灵的体验一定很浅。人们都喜欢浪漫，但如果不懂浪漫的含义，就算给你很多物质，你也无法营造出一个浪漫的世界。这就是文化的力量。说到底，研究科学，创造物质财富，到最后，都在追求一种有意思、有内涵的生活。

　　我总想，人们除了希望看到美景外，更希望得到一点心灵滋润，也就能理解，人们去旅游时，为什么总要去那些有故事的景点，比如长城、故宫。我正这么想时，就快走到家。抬起头，又看见一座高楼大厦的名字：都市绿洲。这让我眼前一亮，小城正在不断地都市化，那么我们的绿洲在哪？绿洲不应只是绿化那么简单，绿洲除了有基础设施，更应有它内在的文化内涵存在。这才是我们真正想要的都市绿洲，是人与大自然的完美融合。我期待着这一天的早日到来。

寂静词章

一

慢慢地走，慢慢地想，寂静是缓慢的，是一片相对宁静的时空。可是，有时候它太静了，静得让人心慌、清冷，尤其当你正处在某种阴影中，还没能超越的时候。

那时，我经常避开人群，一个人在公园慢慢地走着，一点点地释放、稀释心中蕴藏的苦涩。这个过程异常艰难，也异常漫长。但至少，那一刻是安静的，面对的是纯粹的公园，花草树木，湖，甚至不多见的鸟，到处都有大自然的气息，而不是复杂的人间事，充满烟火气，可以寻求暂时的安宁，宽慰自己。

有时，我会坐在湖边，看着宽阔的湖面，思绪随水飘向远方，似乎忘我。当风轻吻我的脸庞时，感到些许苍凉。有时，我若有所思地沿着湖岸走，或者驻足停留，看着美丽的风景，常常露出浅浅的笑容，觉得生活如果也能这般祥和、静美，该有多好。有时，看见两个孩子在沙地旁很高兴地玩堆沙子，传来稚嫩的笑声与说话声，觉得孩子真幸福，自己却很感慨。但很多时候，想起那些不愉快的事，不免沉重。

我不知道这样的放逐是否恰当，但我把它当作一种自我安慰、排遣情绪的方式。走出公园，收起那些失落的情绪，开始重入生活，不需要说什么励志之类的话，而是懂得要让自己活得更好。生活，让我感觉是一片洪流。你不能后退、懈怠，而要奋勇而上，否则，你就会被淹没、冲走。

以后，寂静之时，我对自己说：可以寂寞，但不要清冷；可以失落，但不要悲伤。我想要的世界安宁、祥和，拥有更多的光彩、温暖和明亮。

二

寂静很空，只有当你在想些什么或做别的事时，才不会这样。更多时候，我的空间都是寂静的。工作之外，几乎只有自己的身影。

很多时候，我都会打开电脑，放上音乐，让我的空间不那么空虚。这是我最有效的对付庸俗生活的方式，也是最廉价的方式。对现在的我来说，这是最好的方式。我的音乐，并非你想象中的流行歌曲，或仅仅是玩的工具。我很认真地听，甚至是全身心地感受、触摸，疏理旋律中的隐秘情绪。我更多的是在聆听那些西方音乐，有更多内涵，有更多真实，而不是时下流行的元素。真正的个性在于内心，而不是靠外在的其他因素，这让我看到许多浮躁。

显然，我听不懂它的歌词，但也不需要听懂。聆听那种旋律，感受歌者抑扬顿挫的感情与质感的歌声，甚至是不同乐器的伴奏声。我很轻易就能进入，感受到那些熟悉的心灵状态，是一种抚慰，觉得被理解。音乐，是最贴近人心的艺术，无法说清楚，但最能表达我们内心的感受。

很多时候，我会好几天反复只听一首歌，就像认识一位新朋友，不断地翻出新的感受。一首歌，就是一种生活滋味，一种生活状态，一种情绪的诉说，值得我们咀嚼、回味。这种时刻，寂静欢喜。

有时，我会故意站在离电脑远点的地方，听那些歌声慢慢传来。我在想，那就是另一方静美的天地吗？我正在慢慢靠近，多好啊。我甚至在想象歌者的形象，站立在风中，没有观众，独自吟唱。他有些孤独，但很坦然，眼里满是专注的神情，边唱边露出浅浅的微笑，时间在这一刻静止，世界在这一刻停顿。所有的一切，都在歌声中静默了。当音乐响起，世界为之倾听。

三

捕风捉影，这是我书写的时刻。我从来不知道该写些什么，往往是内心有个模糊的主题，然后把题目写下，坐在电脑前，等待思绪的降临。很多时候，我不知道自己是否能成功地延续下去，只好继续安静地坐着，期待闪亮的思想火花能照亮我模糊的思绪，还有不停播放的音乐。音乐和我书写的主题往往有着相似的气息，这样的书写是幸福的。

这是一条更远的路，也更有趣。你永远不知道，自己将会等来什么，如同探险一般。这种状态是一种沉浸，身外的世界都可以疏离开来。写作，是一段生活进程被停止的时间。我在这里进行漫长的精神跋涉，有过黄沙，有过风雨，有过绿洲，有过阳光。在内心经历很多漫长的旅程后，看到更多的风景、更大的世界，渐渐能够学会平静、悠远、淡然。用内心的丰盈弥补现实的残缺、单调、乏味，这让我走得更远，抵达得更深，也让我能更安然地面对身外那些不愉快的事。这是一种成长，人到三十，才渐渐懂得什么是真实的人生，我应该安然微笑，因为懂了。

生活的苦与难，的确是一种困扰，甚至是种伤害，但同时，也教会我们认识更完整的人生。经历过困境后，我们会更睿智，更懂得如何面对并不全是阳光的生活。这也必须学习。

　　写下的字，是有生命的，它是你某段时期的生存状态写照，因此，这样的记录变得富有意义。有时，甚至会唤醒我们沉睡许久的记忆，重温过去的美好。于是，停止书写，沉浸在泛黄的记忆里，把过去的影像记忆重新呈现。这种时刻，内心充满温馨。同时，也慢慢理清过去那段岁月的情感与记忆，懂得它究竟给我带来什么，意味着什么，懂得什么是该记住的，什么是该放手的。记忆，是一笔丰厚的财富，不该轻易遗忘，那里有我们走过的脚印，永远值得我们去回味，只要不被它所困。

　　对于文字，唯有真诚。

四

　　同书写一样，阅读是另一种抵达得更深的方式。书读到现在，已渐趋明朗，不是为了知识的累积，而是为了读到符合内心期待的文字，能够触动自己的灵魂。时间的有限，还有生活节奏的紧张，心情的奔忙，让我的阅读越来越少。已经很少有能一直沉浸进去的书，偶尔买来的散文杂志，也很少能从头读到完。有些文章的确很好，但一看它的内容，就再也没有读下去的兴趣，因为从中无法得到心灵的共鸣。这是个多元化世界，但我们的散文似乎还很狭窄。偶尔读到一两篇动心的文字，竟激动不已，甚至长久地沉浸其中，不想出来。这就像失散的老朋友久别重逢，那种欢喜自然不用言说。而这样的散文，往往是时下所不流行的，它更关注个体的生存状态，隐秘情绪。

　　经常去博客看某位文友的文字，这是种稀有的声音。初识，觉得震撼，原来还可以有这样纯粹的文字，之后，就十分喜欢。他认为，散文就是私人化的，我手写我心。其实，他的自我关怀、思索，却让我看到生活里许多需要共同面对的东西。他是一座真实而温暖的孤岛，来到他这里，就像来到梦想中的桃源。

他是个有心人，每写一篇文字，都会附上相关图片，还有费心找来的音乐。文、图、音乐，相互交融、辉映，叫人不受感染都不行。最重要的当然是他的文字，干净、澄澈、优美，却又异常清晰、有力、深刻，一种浑融的气息到处弥漫。经常在他的文字里迷了路，看着看着，就被某个字句所俘虏，深深沉浸。再回想自己的周遭过往，感触良多。

读他的文字，就是净化心灵，感受久违的美好。虽然互不相识，甚至不知道彼此的名字，但内心一些相似的东西还是让我们有了一定程度的交流。

某天，我和他在QQ上谈论了一些关于生活困境之类的话题，他听懂了我的困惑。我永远不会想到，就是这样的萍水相逢，他居然为我写了篇文字，坦诚他过去相似的经历与感受，希望能给我点启发：

"找出这篇旧字，我想写给一个陷于'困境'的、陌生的朋友，或许我知道你正在经历什么，而同样的情境于我也并不陌生，似乎刚刚路过，似乎还在身边。"

他还说了两个意象：石头，灯。他把遇见的所有困境比作一块顽石，并说，"用心去开掘，在石头里挖出一个洞，然后点上一盏小灯，那么这些悲苦也会变得透明。"这是他曾经的梦想，希望传递给我，并请我去想象——生命，或许是美好的——它也一定有美好的一面。足够。

他带给我的震撼甚至让我觉得，他比我身边的人更让我觉得温暖，贴心。这样的率真，这样的真诚，这样的人性关怀，假如放到纷扰的生活里，有谁会相信？有些时候，人是很奇怪的。有些人，认识了很久，仍觉得彼此离得很远，没有什么话可说。有些人，只需要一时片刻，就能认定，将会是一生的挚友。有时，当我被他的某句文字打动时，我会给他发个短信，谈一下想法。他也很简单，没有言语，只有一个代表笑容的表情，彼此内心都非常清楚，无需多言。我对他说，以后不必理我，尽管忙他自己的，但我有时会给他发短信，希望他不要介意。

他的阅读十分丰富，中西皆有，有的甚至是歌词、电影里的台词。他经常把读到的一些好的段落、句子摘录在文中，往往都是些震撼人心的句子。这些句子，往往也成了我的珍藏，省去我许多查找的时间。

坐在电脑前，用心地读他的文字，想象另一方天空下的他。碰到他是种幸运，能读到他的文字，更是种幸福，寂然欢喜。

第五辑 往事如歌

童年夏夜

　　许多年过去，但是每当我想起童年那些夏夜，心中总是充满莫名的温暖与悸动。

　　记得那时，家里经常停电，我无事可做，常常一个人在影影绰绰的烛光下看那些彩色的漫画书。犹记得一幅画：一个小男孩点了根卡通马形状的蜡烛，然后开始一段神奇的童话旅程：卡通马居然变活了，能够和人说话，并带着小男孩飞到天上游览宇宙。我觉得这个故事简直妙极了，被画中的情景所吸引，看着眼前的蜡烛发呆，幻想自己也飞到天上去，和图中的他们一起玩耍。那种幻想带给我神奇的精神旅程，进入童话般的梦幻世界。我想象自己在满天的星星中飞翔，披一身星光，坐在月亮上玩耍，感觉美极了。

　　同样是停电的晚上，有一次，父亲拿出一个小提琴定音器让我猜：定音器应该吹哪一边。如果猜对，要奖我一角钱，要知道，我平时可没什么零花钱。我高兴极了，仔细地把定音器瞧了个底朝天，踌躇了整整一会，看着父亲那神秘的神情，然后自信满满地指给父亲看。可我居然猜错，一阵懊恼。之后，父亲还让我猜谜，给我讲故事，我围在父亲身旁跑啊、跳啊，不知有多高兴，那是多么幸福的家庭生活情景，而父亲很少有时间和我在一起。同许多八零后一样，这是个共有的、极其相似的情节，只不过我没有庭院，而是在客厅门口。但我抬起头，依然能看见挂在屋檐上的月亮，仿佛就在屋顶上，离我们很近。那月亮带给我温馨感，看得心里暖暖的。夜好静，到处都是一片安静与祥和，偶尔还能听见门前路上经过的自行车发出的清脆车铃声，给夜一点动态美。

后来，长大点，经常和小伙伴一起玩耍。同样是停电，我们没有玩具，就比赛折纸飞机。最喜欢折一种平头纸飞机，飞时可以不停地转弯，飞出优美的曲线。我们四五个人爬到桌上扔纸飞机，比比谁的纸飞机飞得最久，飞得最漂亮。在半明半暗中，我们把纸飞机往嘴里吹了吹气，然后尽力地往上抛。纸飞机在客厅里轻盈地飞起，拐着漂亮的弯，舒展无比，还有烛光映照出的重重叠影。顿时，整个屋里都是纸飞机的影子，有如梦幻般的世界。我们拍手叫好，好看极了。童年时光就像这飞翔的纸飞机，总是十分轻盈，有着美丽的弧线。

黑暗中，金龟子也跑来凑热闹。我们大喜过望，于是纷纷跑去抓它们。那时，不知为什么会有那么多的金龟子，足够我们人手一个，拿一根线，绑在金龟子的后腿上，就成了我们的玩物。一手抓着线，一手任由金龟子乱飞乱撞，好生惬意。说起来，也像是遥控玩具。孩子，总有许多稀奇古怪的想法与新鲜的创意来玩耍。什么东西都能玩出新花样，玩出趣味。有时，我们故意把它放在桌上，戏弄它，惹恼它，让它飞起来。我们则很潇洒地看着它飞，又冷不丁地把它拽回来，一阵得意的样子，我们是它们的王者。

屋里玩够了，就跑到屋外。我们经常玩捉迷藏。那时的月亮似乎总是很亮，虽然停电了，但街道仍然可以看得清清楚楚，并不漆黑，仿佛铺上一层薄薄的银白轻纱。我们躲在街道小巷里，甚至躲在拖拉机里，让小伙伴一顿好找。静谧的夜里，到处都是我们玩耍的好场地，到处都是我们爽朗的笑声。

我们在月下尽情嬉戏，月光轻柔地挥洒在身上。有时，我们会一起上街走走。那时，多傻，走在街上，居然要和月亮比谁走得快。结果，我们快，月亮比我们更快，在云朵里忽隐忽现，于是气馁。我用手指了指月亮，这时，有人说不能用手指月亮，否则半夜里，月亮就会来割谁的耳朵。看着那弯弯的月亮，像极一把刀，月牙看起来极其锋利，我顿时感到害怕，连忙双手合十，口中念念有词：月亮啊，请不要割我的耳朵，我不是故意要指你的。我们不停地谈起种种离奇的故事与传说，谈着听来的种种危言耸听的故事，谈得一派惊讶与害怕，但最后，还是谈起更多快乐的事情。

等在我家玩够，我们就跑到堂弟家玩。堂弟家在郊外，那里有一大片竹林，还有一条小溪。我们经常沿着河岸的小路玩耍，有时在那追逐嬉戏，有时慢慢地走着，但不敢走太远，因为后面人迹罕至。我们大概就在堂弟家门口两百米的小路上玩耍。那时，真好！大人们搬出椅子在屋外小路上乘凉、聊家常，我们孩子自顾自地玩耍嬉戏。天上一轮明月，地上一片竹林摇晃的身影，河里是叮叮咚咚的溪流声，泛着月光，远处是田野稻田的清香，那是多美的大自然画卷，像一幅优美的夏夜水墨画，滋润我们幼小的心灵。我们还听到虫儿从草丛中发出的动听叫声，闻到草本植物的清香，令人心旷神怡。

玩累了，我们回到屋里。孩子的精力总是无比旺盛，我们来到二楼阳台，在石桌上开始玩扑克。月亮还在我们头顶上，洒着淡淡清辉，仿佛是来陪伴我们，一起共度一个美妙夜晚。最后，我们沉沉地睡了，带着快乐的满足感与幸福感，带着天上的满天星与无数五彩斑斓的梦。

那是真正无忧无虑的时光，它是生命中最为天真的人生之歌，是最为本真的状态。虽然我已经回不到过去，但那种童心却一直藏在我心里，总是带给我无尽的回味与遐想。

青涩的中学时代

在初中阶段，我像一粒青涩的果实，在慢慢成长。各种千奇百怪的感觉都在悄然滋长，说也说不清。我是多么喜欢这样的感觉，从来没感受过，生活可以如此多彩，安静，明媚。青春刚刚要开始绽放，我还没做好准备，一头扎进里面，从来没意识到，这是我人生中最美好的年华。

那时，学习对我不是难事。一次，发数学考卷，我考了九十多分，居然张狂地宣称"数学简单"，一副没把它放在眼里的样子。考政治时，我总和两个同学提前交卷，老师粗粗看下考卷，当场向全班宣布，我们三个人都在九十多分。看着其他同学还在考试，我却可以提前放学，有一种自信满满的优越感。年少轻狂的日子里，谁都可以肆意一番。

我对学习有了前所未有的兴趣和热情，各科成绩都稳步上升，拿了不少"创优"奖状。这得感谢班主任黄老师，始终民主、平等地对待我，让我学习很有干劲，劳动也很积极，有被重视、关心的感觉。初二那年，黄老师把班级唯一的"校优秀团员"名额给我。公布名单那天，当我看见学校宣传栏的红纸上赫然写着自己的名字时，还是感到无比激动。我默默对自己说，我要好好读书，将来一定要考上大学。对我来说，那时眼中的大学闪着神圣的光芒。

我稳稳当当地学习着，享受着这个年纪的美好时光，觉得生活那么美好，好像一片烂漫的繁花盛开。同时，少年独有的思绪也在悄然成长。

下课时，我总和同学在操场漫步。冬日暖暖的阳光照在我们身上，我们在谈理想，谈历史，谈尼克松……听着广播里的音乐，看着那时蓝得几乎梦幻的天空，感觉时光停止，以为可以这样一直到永远，像一幅色彩分明的油画，让人陶醉。我们，像操场上那棵郁郁葱葱的树，独自撑起一片天地，有着旺盛的生命力，青春拔节生长。

体育课上，我和其他同学一起做游戏，脸却被扔来的排球重重击中，有些疼痛，险些掉下泪，许多同学赶过来安慰我。在自由活动的时间里，我奔跑着，踢着球，踩得叶子吱吱响，尽情地挥霍青春的热情，那时光中的少年在记忆中闪烁着金色光芒。那时，我从没感到孤独、寂寞，认识不少同学。生活就像一杯醇香的酒，让人着迷，我醉心于此，全身心地投入它的怀抱。最搞笑的是生物课，老师喊号数，让幸运被叫到的同学上讲台观察显微镜下的细胞。我有幸被叫到，心里喜滋滋的，满心欢喜地走上去。不料，引来大家一片哄堂大笑，原来，我个子太小，眼睛根本够不着显微镜镜口，只好叹气回到座位，煮熟的鸭子就这样飞了。

班主任黄老师带领我们举行过全年段唯一的一次联欢会，为此，我为有这样的老师深感幸运。那是夏日夜晚，我们早早准备妥当，把班级布置好，点上蜡烛，大家围成一圈。那时教室还是20世纪80年代的平房，简单朴素。后来，飘起小雨。整个漆黑的夜晚，只有我们班摇曳着温暖的烛光，还有飘出的歌声、欢乐声、鼓掌声，倍觉温馨。那时，我虽胆小，但不甘落后，居然大胆自报家门唱歌。不敢看同学，只顾唱，开始还不错，不想中途走调，大家哈哈大笑。有的同学就大声喊："都别笑"，大家很快静下来，听我唱完。那时胆小内向的我怎么敢表演，大概是班级那美好的氛围感染了我,让我不再拘束。

每到周末,喜欢去学校。有时,和同学在教室学习。累的时候,一起下棋或在校园漫步,享受和煦的阳光、宁静的时光。最喜欢傍晚时分,在操场看那些老师打球,一派热闹景象。我总喜欢坐在双杠上,看那些年轻老师矫健的身姿,这让我一度有个想法:将来如果能成为这里的老师,该有多好!有时,我呆呆地坐着,想些奇怪的问题,任时间漫漶而过,听着球在地上发出"咚咚"的响声,直到太阳西沉。学校,成了我那时的乐园,那里的气息,刻进我的记忆里。

那时,我开始有自己的小秘密。给自己准备了个盒子,里面都是自己的珍藏。有值得纪念的小物件,有和笔友联系的信件,有同学送给我的贺卡,有漂亮的图画,那是我初中的所有财富。最难忘的是一本笔记本。封面是一个阳光少年拿着篮球,上面写着"中学时光",里面还有不少漂亮插图,这是我最喜欢的一本笔记本,我用来写日记,写自己的生活感受,记录美好思绪,它陪我度过整个中学时代,是我的小秘密。从那时起,我开始懂得"浪漫"两字。

美好的日子总是短暂,到了初三,一切都发生改变。先是换了班主任,我感受到冷漠。我无法像以前那样专心学习,甚至在上课哼着歌,没有人提醒我、帮助我,我开始怀念黄老师。现实很残酷,尽管我后来也很努力,但一切太迟,我的成绩开始退步,落到中游水平。整个初三,我开始感到孤独、茫然,再也没有以往的好心情。其实,我不差,记得化学课上,老师提出一个问题,全班同学鸦雀无声,我不假思索地立刻给出明确的答案,掷地有声。大家都很安静,老师又叫大家想想,我甚至不耐烦地说:"这还需要想吗?这很明确。"有的同学给出相反的答案。最后,老师亮出答案。事实证明,我正确,理由也说得准确。这是我初三那年唯一一次的学习闪光点。

这一年,每个人都很忙,再也没有什么有趣的事情,十七岁的天空

137

再也没有什么绚丽多姿的云彩,只有学习。

  中考结束后,我没上高中,像一只掉队的大雁,飞离了大家,告别了中学时代,也告别最美好的日子。以后,我再也没有找到相似的感觉,这段青涩的年华也成了我一生永恒的回忆,并且在记忆中越来越光鲜,越来越有梦幻感。再见了,我的中学时代!我的中学时代,不再见!

儿时的年

印象中，儿时的年总有许多趣味。

年，先从繁忙开始。大扫除自然不在话下，接着，母亲忙着准备年货。杀鸡、宰鸭，炸肉丸，准备许多吃的东西。那时，家里经济困顿，只有过节时，才有这么多的东西。对我来说，年的第一个诱惑当然是吃。很快，厨房里就有各种食物的香味，母亲的身影穿梭在煎炒烹炸的油烟里，我最先从这里闻到年味。对母亲来说，准备好年货是她最重要的事情，以便好好过个喜庆的年。这些事情显得神圣而庄严，不可敷衍了事，以便图个吉利。

我自然帮不上什么，最多是帮大人贴年画、春联。说是年画，其实大多都是将一年用过的旧挂历撕下来用。我们一群孩子围着大人转，帮着拿点东西。想不起其他细节，但当时大家都很高兴，热热闹闹，或许是大家都在一起的缘故吧。贴完后一看，屋子好看极了，五彩缤纷。有一年，贴的是那些各个年代的邮票图案，我简直入了迷。像看连环画一样，一小幅一小幅仔细地看，觉得非常有意思，仿佛走进历史，感受那个年代的气息。那些图案激发我的想象思维，让我对色彩产生兴趣。春联则由父亲写，红纸黑字，分外鲜明，比现在印刷的金字好看。那时好像还没不褪色的红纸，换上新春联，感觉焕然一新。那红色映得人的心也暖暖的，这大概是当时年味浓的地方吧。

年夜饭最温馨。大家忙完，能感觉屋外有一种祥和的宁静，真是岁月静好。屋里焕然一新，一切都很干净，虽然我们住的是老瓦房。围炉开始，一家人高高兴兴聚在一起，孩子最幸福。夹在父母中间，我总贪婪地吃东西，面对一桌热气腾腾的年夜饭，心里甜滋滋。有时，我还傻傻地喝白酒，逞英雄似的一饮而尽，惹得大人一阵哈哈大笑。回想起来，是温暖的泛黄灯光，是家人爽朗的笑声，还有孩子在大人百般呵护下的温馨。记得父亲那时常说，看我明年能不能长那么高，说完用手比了比高度。父母总是带着新的美好憧憬祝福来年，企盼一年有好运气。年夜饭也在这种喜庆、热闹的氛围中完成。

除夕夜最有年味。穿新衣不算什么，压岁钱才是孩子最渴望的礼物。平日里，我没有什么零钱，压岁钱虽少，却是我们一年里最大的收获。我常常舍不得花，藏在书本里，有时翻开看看。那时，最多有张五元、十元的纸币，连五角钱的纸币都有，它们崭新、漂亮，不仅仅是钱，而被当成一种宝贝珍藏。我们一群堂兄弟姐妹常聚在一起玩。大人看电视，我们在那玩扑克，做游戏。一直等到辞旧迎新的那一刻到来。

那时，县城还能燃放烟花爆竹。我们等的是，大人们带我们放烟花。十二点一到，人们开始祭拜天地，鞭炮声响作一团，浓烟弥漫整条街道，鞭炮的光焰在地上乱舞，满是鞭炮碎纸，铺了一地锦红。大人们买了一米长的烟花，点燃后，会一发发地射到空中，绽放七彩颜色，这是当时最好的烟花。大人们点燃后，常把着我们的手，一齐放烟花。我们底下的孩子一片欢呼，烟花甚至照亮底下的树，让我形象地想起小学课本那句话：火树银花不夜天。周围的人们也开始陆续放起烟花，我们欣赏众人热闹的烟花，心里充溢着过年的喜悦与幸福。等到一切结束，我和堂弟一起睡，说着过年高兴的事。直到我们累了，在年的氛围中甜甜地睡去。那才叫年，才叫年味浓。除夕夜代表着人们对新一年的美好企盼。年，是璀璨的烟花，是七彩的心情，是欢乐的海洋。

初一清晨是农历第一天，母亲要放一串鞭炮，俗称"开门炮"，预示一年里有好运气。至今，对那一地红色的鞭炮碎纸仍记忆犹新，觉得很美。年，是红色的，喜气洋洋，暖在心头。这一天，母亲说，不能洗衣服、提水。

年，是充溢着美好情感的节日，是祥和、喜庆的代表，我甚至为先人设立这样的节日感到无比赞叹。在年里，其他什么事情都可以抛到脑后，可以暂时沉浸在年的欢乐中。现在，人们总说年味变淡，大概是物质上已不像从前那么匮乏，但只要心里有年的情结，年就永远有年味，就像儿时的年，是那么让人难以忘怀，充满快乐。

那些明亮的午后

　　回想起来，那些明亮的童年夏日午后犹如一幅幅五彩缤纷的画，成为一本记录童年快乐时光的七彩画册，并且随着时间的推移，越来越显示出它的梦幻与唯美，令人回味无穷。

　　那时的夏天，似乎总是很热，太阳总是明晃晃地挂在天上，大地一片耀眼明亮，到处都能听到知了那狂躁的叫声，但反而把中午时光衬托得更静。那时暑假，我经常一个人呆在家里。大人们都去睡了，我在宽敞的客厅里玩耍，没有人来打扰我、干涉我。阳光透过瓦房屋顶的长方形小天窗，在屋里斜斜地映照出一道立体的光亮通道，好生惬意，仿佛那是屋里的光线调节器。阳光忽明忽暗，屋里也跟着忽明忽暗，成了两个不同世界。

　　我常常趴在洗净的地上玩耍。有时，玩五颜六色的玻璃弹珠，让它们在地上自由翻滚，像撒开一片七彩天地。有时，玩纸青蛙，一下下地按着后背，让它们跳起来。或者，折纸飞机，让它们在屋里飞出美妙的曲线与姿态。或者，把收集来的小物件洒落一地，随意摆弄，幻想一些有趣的事，像在编童话故事，想象这些玩具有了生命，开始一段神奇的童话旅程。

那时，还经常把从河里捉来的田斑鱼放进透明的玻璃瓶，放进点水草、石头，成了鱼的家。有时，静静地看着鱼游来游去，不时地把手伸进去戏弄鱼儿，摸鱼儿光溜溜的身体，而鱼在奋力挣脱，这是最好玩的玩具。有时，把玻璃瓶放到从屋顶天窗斜照下来的阳光里，感觉一下子点亮一个水中世界。在阳光中，这种有着彩色条纹的鱼反射出七彩的光，我常常幻想它们在水里生活的有趣情景，展开一片遐想的诗意世界。

无聊时，我总喜欢一个人趴在家里洗净的地板上看漫画书，比连环画好看，是彩色的。犹记得当时看的一本卡通书，把坦克的炮塔画成孩子的脸蛋，活脱脱就是孩子形象。它在不同的故事情节里，有不同的表情。比如，当坦克披上伪装网时，一番得意洋洋，因为从它头上飞过的战斗机没有发现它；相反，当它被导弹击中时，则一脸沮丧，冒着黑烟……当时看到这个画面时，觉得书太有魔力了，让人着迷。似乎什么东西进入书里，都能变得很有意思，有一种无法言说的神奇。

那时，家里静极了，午后清风阵阵，只有我一个人在客厅，没有人来打扰这惬意的时光。童年的每个盛夏，我都在这些有趣的书中度过，淡忘了炎热，消解了寂寞，清凉了心情，丰富了生活，也添加了多彩思绪。这让我觉得生活多姿多彩，十分有趣，让人热爱。

后来，我还和一些小伙伴一起玩耍，其实就是我的堂兄弟姐妹。

我们总在面向街道的客厅玩耍，老远就能听见沿街叫卖冰棒的吆喝声。先是"叮铃铃……"的自行车的车铃声，然后才是悠长的叫卖声"卖……冰……棒喽……"，声音抑扬顿挫，颇有节奏感，很动听。这声音对我们很有诱惑力，我们没什么零钱，就商量着一人凑一点钱买冰棒。一根五分钱的绿豆冰棒简直就是美味，足以让我们感受清凉一夏。物质的匮乏并不会让我们缺乏快乐。

有一次，我们闲得无聊，居然想学大人喝酒。可是，孩子没什么钱，自然也不能喝酒。我们像玩过家家似的，把一块方形木板放在小竹椅上当桌子，摆上买来的小零食，像模像样地摆上三个杯子，席地而坐，斟上茶，以茶代酒。记得堂哥首先发话，先是顿了顿喉咙，颇有介事地说："来来来，一起干杯"，接着学古人掩杯的样子一饮而尽，喝完还不忘把杯底亮给我们看，还说"不错，不错，味道好极了"。我们见此情景，不由轰然大笑，纷纷一饮而尽。

　　有时，我们还经常到堂弟家玩。那时，冰棒是孩子最眼馋的零食，但我们又没那么多零钱。于是，我们买了冰棒模具，自己搅好糖水，放进冰箱，充满期待。有时，不单是糖，还放进一些好吃的东西，自己制作。这样一来，我们天天有冰棒可吃。虽然不及买的好吃，但我们依旧吃得津津有味，这可是自己的劳动成果，怎能不喜欢呢？

　　屋里玩够了，来到屋外。这里有一片小树林，我们经常在那玩耍，最常做的是捉知了。把一张网系在长长的竹竿上，准备工作完成。然后，开始在繁茂的枝叶间寻找知了的踪影。不管知了藏得多巧，总逃不过孩子锐利的眼光。很快，我们发现许多目标。先把竹竿慢慢摸近，等到快接近时，忽然停下，调整角度，把网口对准知了，接着奋力一扑，知了掉入网中，开始狂暴地叫喊，仿佛是在抗议。为防止它们逃跑，捉下来后，大多把它们的翅膀剪断，让它们飞不高。然后放在地上让它们爬，比比谁爬得快。想要它们叫时，就捏它们一下，放在手里玩耍。

　　我们还爬上树，坐在上面，一边聊天，一边玩耍。有时，摇动树枝，像在骑马。有时，折下枝叶，围成花环状，戴在头上，那样子立马有几分小兵张嘎的气概。阳光从枝叶间透射下来，映出斑驳的点点金光，照在盛夏的草地上，也映在我们身上。草地上，还有蛐蛐在草丛中跳跃的身影。蒲公英不知从哪飞来，越过金色的田野，来到我们身边，轻舞时光。蝉儿在鸣叫，林前的小溪汩汩而流，发出清脆悦耳的叮咚声，奏一曲午后的宁静之歌。听着远处传来的汽车喇叭声，让我们对远方产生无数遐想，用一颗幼小的心灵感知少年之外的世界。偶有翠鸟漂亮的身影从平静的水面上掠过，惊起一圈圈涟漪。有些鸟儿则躲在高高的地方婉转地叫着，似乎在为这样热闹的盛夏而歌唱。

　　林中桑葚总会知趣地在夏天结出果实。或是青涩，或是半青半红，或是红得发紫。我们总是嘴馋，摘下来，用手稍微擦拭，便塞入嘴里，酸中带着点甜。青涩的果子，青涩的时光，成就一段独有的青涩少年记忆。除此之外，我们还摘一种花。摘掉它的花柄，从后面吸吮它的汁液，味道很甜，有花的清香。那种花很大，颜色鲜红，我们不知道是什么，但知道花的汁液可以喝。于是，许多花被我们摘下吸吮丢在地上，那鲜红的花瓣把地面点缀得片片红霞，像铺开一幅花的盛画。

　　许多年过去，现在回想这样一段经历，觉得就像传奇。年少的日子里，什么都是有趣的，什么都充满色彩。孩子有的是无边无际的快乐与想象，孩子是最热爱生活的人。童年时光也成了我一生最珍贵的记忆，总让我怀念不已。

游离的师范生活

中考结束后,我上了师范。我想上高中,考大学,但这已经不可能。我的梦想破碎了,以后的任何努力都不能改变这个现实。我带着巨大的失落感来到学校,不停地怀念我的中学时代。

我认认真真地把中学同学的名字按照以前座位的顺序工工整整地写在笔记本上,只要有空就拿出来看看。看着看着,想起过去,既感到温暖,又感到难受。我开始写日记,写过去的中学生活,并买了本杂志《中学生博览》,希望从中找到一些中学时代的气息,尤其是高中,那段我从没经历过的岁月。我用这种怀念表达自己的不甘心,或者说,是来抚慰自己内心巨大的失望。那时,每次想起初中同学正为大学而努力学习,就觉得自己被抛弃。尽管我很早就知道,要活在当下,珍惜现在的生活,但做起来很难,尤其是我这种曾经心比天高的人。

我的茫然像雾一样弥漫开来,我失去了奋斗目标。我把心思放在图书馆,看课外书。

刚开学时,班主任让我当宿舍舍长,我没兴趣。后来,又让我当劳动委员，我什么也没管。我知道老师的好意，特别留意我，给我机会，想把我从这种封闭的状态中解放出来，是我自己拒绝。从这点上，我看出他是个好老师。我跟同学也谈不来，整天一个人游走在边缘。我用书驱散一点内心的失落与孤独，让自己不那么空虚。今天，是我第一次回忆师范生活。它在我的人生路上留下印记，我必须面对。伤痛也好，失望也罢，它都真实发生过，不曾消失。

到了第二年，听说有自学考试，只要考过规定科目，就可以拿到国家承认的大学学历。我很高兴，蠢蠢欲动，正所谓"曲线救国"，先读大专，再读本科，正好可以实现我的大学梦想。我报考的是中文专业，开始偷偷地读，这是唯一有意义的事。我经常拿着自考书，上课带去班级，下课带在身边，在校园里找个没人的地方，一个人静静地读，付出全部努力。

我一般把书翻两遍。第一遍，粗略浏览，画出重点，重在理解。第二遍，开始有意识地背诵、识记，概括要点。这让我找到过去那种学习的感觉，仿佛自己也是个高中生，正在为大学梦想而努力，心里生出一丝喜悦。有时，我甚至上课都在偷偷地看。上面用学校的书遮掩着，底下是自考的书。我是学校里最早读自考的人，也不理会别人的看法。我觉得，有自考就够了，其他都不重要。我的眼里又焕发出一些希望，想着以后如果有本科学历，或许可以改变未来。

记得第一次报考的是《哲学》和《中国革命史》，不知道能不能成功，只是尝试。因为没有任何辅导，只有两本书，我没什么信心。结果一查成绩，通过了，而且都是七十多分。我很兴奋，仿佛又找到生活动力，真有点欢呼雀跃，大学课程都考得过，何况这小小的师范课程。但无疑，这让我找回一点自信。我并不着急，每次只报考两科，稳扎稳打，而且几乎都能一次性通过。我读自考的消息很快传遍周围，学校明令禁止，但我仍我行我素。

我不知道自己怎么就敢从过去的服从、听话转变成叛逆、反抗。有些活动，我不想参加，结果最后，被点名，写检讨，这是我第一次写检讨。年少轻狂，总是难免犯错。不过，我很坦然，只要能顺利毕业就行，更何况我的师范考试成绩也不差，从来没补考过。

不过，有些活动我也喜欢。每到周末晚上，学校总会在篮球场上放电影，都是当时90年代流行的欧美大片，大都是动作片，什么詹姆斯·邦德007系列，还有当时流行的《泰坦尼克号》等等。大多数人都搬张凳子看，一个晚上就这么有意思地度过。有时，会听见底下的窃窃私语，这声音是种点缀，别让现场那么沉寂没有生气。我感觉整个夜空就是电影院，有星星、月亮陪伴，静谧之美。

对我来说，这些大片很有诱惑力。以前只知道读书，电视都很少看，更别说欧美大片，那声音、影像、画面效果，很震撼，吸引人。看见大片里的F—117隐形战机觉得特帅、特高科技，看得有点张大嘴巴般的惊讶。现在，这F—117隐形战机早成古董，退役了。电影，成了我那时排遣寂寞的最有趣方式。因此，每个周末晚上，我必定去守候电影。"露天电影院"，这真是一个绝美、诗意的形容，带给我身心巨大的愉悦之感。同时，也让我淡忘些不愉快的往事。坐在人群中，感觉也很热闹，虽然我并不说话。但很明显，从师范开始，我的孤独感真正地滋生出来。有句诗说得好："谁此时孤独，就永远孤独"。这真是太准确，这让我以后的人生难免都染上这样的味道。

周末，经常一个人逛街，除了买生活必需品外，每次必去书店。那时还很天真地认为，书就是一切。于是，宁可省吃俭用，也要买书籍、报刊。这是个古老的故事，我绝对是受了书上那些爱书故事的影响，向他们看齐。为了买书，甚至可以少吃一点，以为这是很好的作风，其他都不看重。报纸买了不少，其实有的根本没必要。我还不知道家人的困顿与艰辛，以为花这钱理所当然，尽管在1997年我每个月三百元的生活费从不超支，甚至还有节余。我的省吃俭用是过度的，因为从小胃不好，那时只舍得吃菜，鲜少有肉，以至有一天胃疼得让我弯下了腰。我很明白，属于胃寒、胃酸分泌过多，后来，我到医务室拿了点"胃舒平"，总算有所缓解。虽然如此，我还是挺喜欢看书。毕竟，它给我带来过快乐，用最廉价的方式打发无聊的时光，让自己不那么空虚，构造一个广阔的精神世界。

　　那时，最吸引我的是那些写旧时文人的书，常被他们的高风亮节所打动。记忆最深的是丰子恺回忆老师李叔同的书。在还没成为弘一法师前，李叔同就是一个响当当、灿烂夺目的名字，年轻有为，才高八斗，音乐、绘画、书法、文学、话剧等等无所不通，无所不精。给学生上课，从来没有摆过架子，没有因为自己璀璨的才华而高高在上。并且治学严谨，做事一丝不苟，关爱学生，但对学生非常严格，只要有错，必定指正。记得一个细节，一位学生犯错，李叔同课后单独留下他。没有批评，没有责骂，只有平等、尊重，而是请他下次不要再这样做。语气温和却又带着威严，该生汗颜，感到十分不好意思。这让我对这些大艺术家产生无比的向往与崇敬，那才叫真正的大师。德、才、情无不兼备，令人高山仰止。如朱自清、齐白石、闻一多、徐悲鸿等等，那真是大师横空出世、灿若群星的年代。

　　显然，我受到巨大感染，把他们当作榜样。那时还学书法，其实学得并不好。只是喜欢胡乱涂涂抹抹，这个过程让我很享受。在一笔一划中，在黑墨与白纸之间，在书写的节奏中，学会安静，学会内心的丰盈。看着古人那些漂亮的字迹，总会想起他们的风雅之事，仿佛自己也跟着回到那种历史氛围里，回到王羲之所写的《兰亭序》中。闻着墨香、纸香，想着酣畅淋漓的书写，顿时心旷神怡。头脑中浮现的是诗意的田园生活、山林之乐，还有茅草屋里的万卷书，以及同好的谈笑之声，一派世外桃源的恬静与安然。依稀记得一个周六清晨六点，心血来潮，一个人跑到教室里练书法。我知道自己只是在寻找一种艺术气息，并非是要把字练得怎么样。我喜欢安静，喜欢没人打扰的书写状态，让自己沉浸在书法的趣味中。

但书法学得不多，反而把许多精力都放在小提琴上，因为父亲会拉小提琴。我从家里带琴到学校，并且还有一本不错的小提琴教材，常常一个人在琴房里练习。有时，还没上晚自修时，我就到黑漆漆的琴房外拉琴，这样没人知道谁在拉。别人对我自学小提琴都感到很惊讶，我甚至学得比他们都好。

音乐，是很好的艺术。在优美的旋律中，我感到满足与愉悦，它是有力量的，能抚慰人心。我进步很快，不断地跳级，没多久，已经学会换把位，会拉四级的作品。我开始喜欢音乐，尤其对外国乐曲有更多的迷恋。我在音乐中得到巨大快乐，忘记一些不愉快的往事。我用手指的力度变化表达自己内心的感情，在琴声中表达自己的情绪。我觉得自己得到自由，通过小提琴找回自己。周末，只要宿舍没人，就把自己关在宿舍里，一个人津津有味地拉琴。没事的时候，一边拿着五线谱看，熟悉指法、弓法，一边哼着旋律。我仍然在为自己营造一种充实、安宁的氛围，不要虚度时间。否则，我该如何度过这三年。

但我仍然孤独，至今回想，仍没有真正意义上的好友。最常做的事就是晚上一个人在校园里闲逛，踽踽而行，感受夜的静谧。或许是因为我的疏离，今天回忆这段日子仍觉得十分苍白、无力。对与错都已不重要，成长总需要代价，一切都已经过去，但它让今天的我懂得一句话：穷则独善其身。不管今后面对的是什么，一定要活好自己。

毕业的时候，当我走下楼梯，居然一阵尖利的揪心。不是因为这三年的师范生活，而是为学生生涯的结束而感到惋惜，更何况这是我最不如意的三年，而且它偏偏是我学生时代的最后尾声，没有留下多少值得留恋的故事。人生有时就是这样，让人无奈，但你又必须收起一脸的疲惫与沧桑，继续前行。人生，有时无法选择。"嘟嘟……"火车轰鸣一声，又将开始新的旅程，没有后退的余地。每个人都必须接受，不管你是否准备好了，"嘟……嘟……嘟……"

迷幻的夏日午夜

夜色的浓重，在夏夜是种异象存在。人们往往要到凌晨一二点才肯睡，不想辜负这好时光，夜到此时也才会变回原本安静的样子。

临近午夜时，我在三楼的窗户旁仍能听见从楼下传来的小区邻居们高亢的闲聊声，丝毫没有倦怠、散场的意思。他们在一楼某邻居家门前十几平方米的整洁石砖空地上，摆上小桌泡茶，在门前亮盏小灯，六七个人围坐在一起谈天说地，把这变成"小庭院"。空地两边原有的草地被邻居们开辟用来种菜及花草，成为半边田地，边上还长有几棵略有浓荫的小树。空地前的路灯又在高处直挺挺地亮着迷蒙的白光。此时暗夜不暗。对面楼房的好几户人家关了客厅里的灯，但我仍可以看见从客厅四十二寸液晶电视屏幕发出的、打在雪白墙壁上的闪跃跳动光影，有近乎黑暗中电影迷蒙般的效果。这在过去是不可能的，时代一直在改变和进步。夜的氛围愈加浓烈，安恬、祥和。

这是个拆迁安置小区，住的大多是从前拆迁片区的老住户，就算彼此不认识也都脸熟。过去，大家住在闽南古厝的平房里，街道狭小，抬头不见低头见，你家紧挨着我家，几乎连成片，大门整天敞开。出门没几步，大家便可相遇，随时可吆喝着到各家坐坐；或在巷口站立闲谈，即便只是攀谈一小会各忙各的，来往也方便。随着城市改造的进行，大家都住进崭新的商品房，平日里家家户户紧闭房门，不再有从前那么频繁的见面和联系。

到了夏夜，人们各自忙完，被自由解放，纷纷到楼下散心。一来二往，在新的小区渐渐熟识。于是，楼下那位好客的邻居家门前的空地，成为人们聚会的好地方。他们都是中年后的人，我有时听见他们的窃窃私语，与这暗夜的氛围互相映衬。邻居们又找回从前的感觉，他们在平日的生活里互相照应，续写旧日的美好。他们犹如一道通往旧时光的大门，让我如梦般地回忆起过去的旧时光，淡忘时间的存在。

此时，我也贪恋这样的时光，舍不得睡。我常在午夜冲个澡，便觉两眼锐利，精神十足，似乎一下子变成晚上八九点的样子，觉得有充足的精力做许多事。午夜，我常一个人坐在电脑前，想写点喜欢的文字。这是我现在唯一能做的、比较有意思的事，是别无选择的选择。我还身处在某种严峻的困境中，但还未找到解决办法。我知道，生活虽难，却也不能黯淡无光，必须坚忍地承受。

更多时候，我只是漫长地坐着，酝酿思绪，时有时无地捕捉想写的文字，耳边听着音乐，写得很慢，实际上也写不出多少文字，成为暗夜安抚灵魂的习惯。有时，我摩拳擦掌地准备从深夜写到凌晨，但没多久，便觉倦意袭来，睡眼惺忪，再也没有十多年前熬夜时的精神劲，这让我挺懊恼，却让我怀念起青春年少的夏夜，充满奇特的青春气息，空气里满是沸腾、充满色彩的生活因子。

那时，正是不到二十岁的年纪，我们四五个堂兄弟一整晚在县城到处闲逛，走街串巷，看商品，逛书店，忘了在聊什么，反正大家都很开心。已近午夜时分，我们仍很有兴致，正是什么都不用管的年纪，无牵无挂，于是突发奇想，决定晚上不回家，各自给家人报行踪，各自家人一致无人反对。堂哥那时已工作赚钱，我们就去买零食、水果，到当时县城唯一的公园过夜。

　　我们在偌大的公园走着。夜深了，但公园并不暗，不时有三三两两的人经过，仍有安恬的说话声浮现，午夜的气息并不令人害怕，令人有足够的安全感。是夜，天空深邃如湖，高远而辽阔，群星闪耀。我们最后来到湖中心的岛上，选择在靠近湖边的草地上过夜，草地上还有一棵奇特的斜卧姿势的树。我们围坐在一起，一边吃东西，一边胡说一气，或是拿谁开刷说笑，互相损来损去，语调阴阳怪气，还不忘比划下滑稽的动作，一个个活像演员，顿时笑得大家东倒西歪，高亢的声音在公园上空回荡。有时，我们还爬上旁边那棵斜卧的树，在上面坐着、胡乱拍打着，那分明是青春的气息在洋溢。在我们前面几米处，有几棵高达十几米的椰树直插云霄，充满类似海边小岛风情的现代度假气息。在右侧不远处，有一座精巧的仿宋风格的小石拱桥，桥岸边垂柳依依，颇有柳永"今宵酒醒何处？杨柳岸，晓风残月"的意境；身后，那栋六层楼高的仿唐建筑风格的楼阁高耸着，黛色、古朴的屋顶倒真让人想起苏东坡的"明月几时有"，成为幻化的今古之境。

　　没多久，不知是谁说，想吃油炸的东西，就在离公园不远的运动场对面，每晚必有一家固定的手推车路边摊，油炸地瓜、芋头、菠萝、鱿鱼条等香喷喷的东西。此时，那条空阔的街人已稀少，只有摩托车不时经过，街道在淡黄路灯的映衬下并不黑暗，反而显出小城的静谧和安详。那家路边摊像间小房子安放在街道一隅，让整条街流出动感的小吃风味，它生意很好，从晚上一直开到凌晨一二点，不时有人惠顾。在一人多高的手推车顶部，亮着一盏暖黄的小灯泡，我能听见从手推车上面被三面铝片围住的锅中，传出"滋滋"的食物油炸声。往前一探，那些油炸好的地瓜金灿灿地冒着热气，在油中翻滚，释放着诱人的香味，然后盛在不锈钢的漏斗上，等着装上纸袋带走。这家路边摊为生计而奔忙，当时的我们丝毫不懂类似这种营生的辛苦，只觉得它是小城的风景和独特存在，是为我们年轻的青春点缀色彩、增添快乐。

买上两三袋油炸食物后，我们又回到公园草地。大家兴致更高，你一个、我一嘴地抢吃，尤其是油炸菠萝，又酥软又脆，水果的清香里甜中带酸，又有油炸的满鼻扑香，成为年轻岁月的印记，就像青春的飞扬和清爽，再加上一群好伙伴，让这个夜晚星光熠熠。夜渐渐加深，我们吃饱喝足，以草地为床，躺在上面，不时望望深蓝的球状天空，似乎回到童年，又开始似有似无地说笑。有的睡了，有的醒来睁开眼，见谁还醒着，不忘调侃几句，咯咯地笑几声。聊着聊着，大家就在不知不觉中沉沉睡去，伴着青草的味道和天上的群星进入香甜的梦乡……

天微亮时，我们醒了，忽觉身上略有湿意，但一整夜的露水沾在年轻的躯体上并不冷。我们还听见鸟儿清脆的鸣叫，清晨的公园弥漫着一股湿润、迷蒙的白色水气，有人已开始晨练跑步。我们起身，结束一夜未归的旅程，这也成为青春记忆里唯一的一次野外露营。

另有一次，和足球有关。那是2000年的欧洲杯，从午夜直到半夜三更，在堂弟家，我们三个人守在电视前观看法国对阵意大利的决赛。那时正是不到二十岁的年纪，我们没有想沾酒的一丁点想法，只买可乐和薯片之类的零食。我们关上电灯，只亮起客厅吊顶上几盏昏暗的红、黄小灯，屋里顿时一片暧昧、神秘又热烈的氛围。我们时而躺在地上，时而坐在地上，拥着枕头，披着毯子，任风扇在屋里翩翩地扇着，吹散积累一整天、一整室的热气和狂躁。风吹过我们的前额，吹过记忆的门槛，一直吹到我们的心里。

那年之前，法国队在1998年拿到世界杯冠军，如日中天，我们都希望法国队继续赢。但一开场，反而被意大利先破门一比零领先。比赛到了补时92分钟，我们都以为法国队没戏，然而戏剧性情节发生。最后时刻，法国队压哨破门，扳平比分，比赛进入加时赛。我们三个人顿时一阵欢呼，从地上一跃而起，把毯子扔到一边，倒上可乐，满满地喝上一杯，共同庆祝，有喝酒的豪气。紧张的加时赛开始，我们想，应该会进入点球大战，双方都会踢得保守点，但奇迹总在不断发生。正当我们开始讨论时，法国队的特雷泽盖一记漂亮的凌空抽射成就法国的双冠王，我们激动得跳起，用力鼓掌，大人被我们惊醒，前来一探究竟："小声点、小声点，已经很晚了"。我们这才压低声响，心满意足地躺在地上讨论一番，才东倒西歪地睡了，仿佛梦里都燃烧着青春岁月的足球激情。

　　那时，我不寂寞，现在，却足够寂寞。我回过神，又听见楼下邻居气氛热闹的闲聊声，感到一种安详和舒坦，甚至有些羡慕和向往。现在，我有时在午夜买点啤酒、可乐一个人夜饮，并不贪杯。黑色的可乐液体注入身体，分明有淋漓尽致的畅快感和舌头略微的酥麻感，仿佛看见过去的日子在黑色液体中重现，唤醒青春年少的激情。偶尔，还点根烟，在电脑桌前放包烟，摆上打火机、一串叮当响的家门钥匙、带着白色金属光泽的小车钥匙扣、烟灰缸、手机，这些东西里有温暖，有速度，有闲情，有渴望，有媒介，占据黑色电脑桌的大部分空间，一种跟随时代的现代气息集体呈现，这是我想要的，也是我所欠缺的。

时间，回旋

从一首怀旧的老歌开始，恬淡的，温暖的，绵长的，斑驳的。我在歌声中如此清晰地醒着，以极其柔软的状态接近记忆。我有点陶醉，如同一个人坐在湖边的小木屋，看斜阳徐徐落山，感受清风拂面，背景是风景秀丽的郊外，碧水蓝天，到处生意葱茏，芬芳遍野。时间，在此回旋。过去的，现在的，还有将来的，互相交融，互相渗入，互相辉映。

旧时空被开启，那些温暖的记忆喷薄而出，款款走来一个少年的身影，那是年少时的我。少年的天空永远纯净、蔚蓝，风轻云淡，不会有任何悲伤、痛苦的字眼。每个少年，都像一只快乐的小鸟，可以叽叽喳喳地歌唱、自由飞翔，觉得身边的一切是那么有意思，值得去热爱，想去拥抱整个世界。那真是一种唯美的诗意，有如烂漫的繁花漫山遍野地盛开。大自然的一草一木、一花一叶都能让少年兴奋不已，把玩不倦。

我想起那些涂抹着浓烈色彩的儿时夏日。阳光热烈，让人充满活力。那时，我同样孤独，但不清冷。我有很多可以热爱的东西，有很多开心的事情，有很浓的兴致面对生活。

我想起在老房破裂但洗得很干净的地板上独自玩耍的情景。把收集的小物件丢了一地，什么塑料小人，弹珠，会跳的纸青蛙等等，时常摆弄不停，不亦乐乎，感觉时间就是用来浪费。那时，还常把捉来的鱼养在玻璃瓶里，偶尔伸手下去戏弄它们。时常看着鱼发呆，看着它们悠游自在的身影，仿佛看见野外哗啦啦的小溪流水，展开一幅幅美妙的大自然画卷，在夏日影像里，勾起我更为绵长、深远的遐想。

　　那时的世界精彩、有趣，那时的心情轻盈、热烈。每一天都是多姿多彩，每一天都是一次快乐的旅程。每一天，我都在期待更为精彩的明天，毫不怀疑地相信着、等待着。每一天，我都处在美好的幻想中。

　　还记得我们一群孩子常在一片竹林里嬉戏玩耍。我们捉迷藏，躲在草丛里，躲在树上，和泥土、青草混在一起，身上浸染着大自然的气息。在大自然的怀抱中奔跑着、嬉戏着。或者，伏在草丛中捉蛐蛐；或者，在不知名的花儿中捉漂亮的七星瓢虫；或者，从树上捉住疯叫的知了，剪断翅膀，戏弄一番；或者，爬上树，坐在树干上玩耍，戏耍枝叶。阳光从浓密的林间闪避进来，映出斑驳的点点金光，浮在盛夏的草地上，也跑到我们身上。梦幻中的诗意蔓延开来，空气中弥漫的都是醉人的气息。

　　树林外的公路，不时传来悠长的汽车喇叭声，穿透这宁静的午后，让我们对远方产生无数的遐想，用一颗稚嫩、天真的心感知无比壮阔的身外世界，这也是种乐趣，可以自己任意涂抹、描绘各种颜色，只要你愿意。显然，现实世界是生硬的，但少年思维里的世界却很美妙，像童话故事那样斑斓多彩。这种遐思不带任何杂质，是最本真的目光、最真实的感受。少年时期，大概也可以算是不染人间烟火气，是很纯真的状态。

　　如今，我常梦回孩提时光，越来越真切地感受到，那些年少时光是最美好的时光。甚至，在许多年后的今天，忽然发现，自己辛辛苦苦所要寻找的正是那些年少时的氛围与心境，它们含有璀璨的人性之美，能够让我们感受到欢喜、满足、安详以及色彩、阳光，值得去追求。命运跟我们开了个大玩笑，当初所丢弃的一切，却是今天要苦苦追寻的，而且，可能还要用尽一生的时间。

如今，我却喜欢听那些略带点沉郁的歌声。有些沧桑，有些苍老，有些落寞，有些沉重，有些清冷，但又坚忍着、感动着、温暖着、欣慰着，有一种清澈、决然的力量在支撑着、鼓舞着，不容置疑，有一股很强的凛然之气贯通全身，这就是力量的源泉。但这是苦的，苦过方知什么是真。那些曾经的一切过往像飘在空中的尘埃，在此时纷纷坠落。等到尘埃落定，一切渐渐明晰起来，就看得清，什么才是自己想留下的，什么才是自己想放弃的。

但还是宽厚点吧，凛然不见得全都好，我们是为自己而活，而不是为了做姿态给人看。已经够多了，这凛然夺走太多的喜悦与轻盈，背上过于沉重的负担，染上过于浓重的颜色。已经很累了，需要停下好好休息，看看风景，让人生增加点绚丽色彩，以免辜负自己的生活。同时，也给他人一个好的表情与友善的目光。"你的眼里依旧雕刻着寂寞，寂寞的目光中淡定且从容，充满着绚丽的神采"，这是我所向往的。渐渐地加入某种温煦，让心软一些，让面容焕发出光彩来，而不是满脸的风尘与褶皱。

想起生活中那些沉重之事，总会有点失落。那些场景总会不经意地突然出现，让人感到难受，看到曾经的苦与难、悲伤与失望。有时，会觉得自己很傻，却又如此的执著与天真。只因自己当真，不懂得人与人之间存在着绝对的质地差别，不是靠任何其他因素就能弥补，因而产生痛苦。于是，与身边世界的疏离不可避免地产生。

忽然发现，与生活剥离得越来越多，更愿意把更多时间换回到一张书桌前，和内心说话。已经没有那么多的热爱与热情，没有五彩斑斓，没有率性，现在，更多的则是沉寂。这种时候，那些青春年少的记忆总会自然地重回心头，滋润着干枯的心灵。回想过去，是欢喜的、满足的、幸福的。这就是生命中最为美妙的一刻。心虑单纯，万物静美，喧嚣消失，这是心灵的诗意体验，比物质感官的娱乐更为持久、有力。

可是，纵然世界一片苍茫，也总该为自己留下点什么，否则，人生将毫无乐趣。假如生活真的没有什么值得热爱，但我们也要去热爱某些事情，因为什么都不热爱更没意思。想起葡萄牙作家费尔南多·佩索阿《惶然录》中的最后一章文字《共在》：

"一盏灯无名的所有者，通过一条看不见的连线与我联结在一起。因为我的孤独，因为我需要对疏离的感受做点什么，因为我参与这样的夜和寂静，便选择了那盏灯，像别无选择的时候只能紧紧抓住它。"

像别无选择的时候只能紧紧抓住它，这句话一下子抓住我的心。共在，与身边的一切一起同在。在没有选择时，与万物交心，与现象对话，用自己的思维意识与客观存在的一切共同创造一个新世界、新空间，获得新的自由与解放，还有更多超越现实的新鲜、美好体验，让一颗紧闭孤独的心获得飞翔的轻盈与愉悦，突破现实有限空间。是的，与世界共在，而不是隔绝、忽略，这样可以活得更多，也会更好。

只是必须忍受一个人的孤独，用一个人的情感感受世界的温度，没有人会和你在一起。这也许已是终极想法，除此之外，不能再有什么更好的做法。这是对现在的一种诠释。

我对现在必定存在某种失望，但一切如常，并不能改变什么，能改变的是自己。我因此经常想起过去，把过去和现在融在一起，冲淡现在更多的阴影与黯淡。

人生是流动的，永远没有一个固定场景。在这个场景高兴，在那个场景忧伤，在这个场景热闹，在那个场景孤单。我们不过是在场景中变换着身份与情绪，像在电影胶片中走动，只要记得不要丢了自己就好，真有点人生如梦的感觉。

  展望未来，不过是种寄托，谁能预料以后的日子呢？但展望未来，能看得清自己想走怎样的一条路。或许，还可以凭借着对过去、现在的认识，去想象自己的将来：在将来的某一天，我也许会……把好的一切都预备着，带到将来去。将来，毕竟是种期待，有期待就有曙光，总比什么都没有好。就像现在，我的期待很简单，希望能永远地在文字这条路上走下去。不为什么，只因自己的表达需要。等到将来，再来回望过去，当我能够安然一笑时，我想那时的我肯定是满足的，没有后悔。

  时间，回旋：过去的、现在的、还有将来的……

再见，青春

　　总有一天，青春的歌也会唱尽，而现在，它来了，是时候说再见。和所有的离别一样，总会让人有些感伤。这并不矫情，相反，却很真实。假如，我们现在都来回忆毕业时的情景，那么一定都会记得那时莫名的失落，仿佛丢了什么东西，却无法用言语表达。那种感觉叫人难受，欲罢不能，而青春，就是这样。

　　我相信，等我们经历过青春、踏进社会后，才会发现：青春，才是人一生中最有梦幻感的时光。它无拘无束，热情无限，充满幻想，充满色彩，没有什么负担。这是一个更有自我完整性、更有自我特性的人生阶段。因而，我们大多都能活得阳光、充实、自在、快乐。这也是最能留下自己鲜明印记的年华，有最大程度上的自由与公平。我愿意给它一种诠释：它使我们活得更深。

　　应该庆幸的是，我们大多数人的青春都在校园度过。青春、校园结合在一起，便能绽放出璀璨的光芒。这并不夸张，等我们离开校园再来回忆往事，便会发现当初的一点小事都是如此美妙、有趣。比如那时，你和几个同学抱着吉他，在校园角落里旁若无人地大声歌唱；比如你在学校图书馆看书，经常能看到一个坐在斜对面的陌生漂亮女孩，有些心动，心生赞叹。如今回忆起来，你会觉得那种心情只会在当时存在，以后再也无处寻找。或许，连当初和几位同学坐在草地上闲聊的时光也令人怀念。正如萨特所说："青春这玩意儿真是妙不可言，外部放射出红色的光辉，内部却什么也感觉不到。"

青春，并不会因为时间的流逝而褪色，相反，却会随着岁月的沉淀愈加灿烂夺目，尽管我们都不可能回到过去，但在内心深处，始终为它而感动、为它而欢呼。它是我们一生中最为珍贵的记忆与财富，与你以后功成名就并无多大联系，它不以成败为衡量标准，而是有一种让人感到轻松、多彩、有趣、纯真的氛围。青春，永远明媚，谁都不会有那种真正意义上的孤独。青春，是该有最为灿烂的笑容。

然而，我的青春却有遗憾。二十岁那年，我的学生生涯早早落幕。在我的人生履历中，少了高中、大学两段重要的人生经历。因而，我一直固执地把自己的青春定格在三十之前。

初三那年，记得只有我一个男同学报考师范学校，我甚至为此感到难过，我想上高中、考大学，而我并非不会读书。多年后，这种惆怅感仍在延续。我仍记得，当初中两位同学刚从大学放假回来时，他们兴高采烈地谈起大学生活和高中生活的不同，满脸的兴奋和喜悦，而我却像个多余的人，一句话也插不上嘴。那时，我的心被刺痛，只感到无奈与空落落。大学究竟有什么好，那么让我向往？是不是因为从小被告知，大学是象牙塔，是神圣、高端的象征。但至少，大学可以充实知识，有更多相对自由的时间来学习。

天底下，更没有一件事能比当学生更幸福。学生，永远受到保护与关爱。不必承担太多不相干的事情，有更多的时间、心情学习、生活。而这一切，以后都不会再有。单从学习上讲，不会再有那么多的时间，以后，连看书都会是种奢侈。因为你的心境可能已经改变，会被生活的许多事所牵绊，更不用说当初那些青春时光里的飞扬与肆意。一旦具备了社会属性，我们更多的只是个符号，更多地要具有社会共性，而个人的诉求与印记将被慢慢淡化。

你有更多、更好的时间完善、提高自己，以便更好面对未来。相对单纯的环境，会让你拥有一段比较愉快的时光，有安宁的心学习，这可遇而不可求。你的付出都有价值，都能得到回报。连同学间的友谊也相对纯洁，因而拥有更坚实的基础与快乐，你会拥有更多的好朋友。大家更多地都在同一起跑线上，没有更多身份、地位的差别。这种氛围值得珍惜。但以后，一切可能都会改变。

这种感觉在我踏进社会后，便十分鲜明地感受到。因此，我总是怀念起学生时代，怀念那段最愉快的初中时光。我用这种怀念提醒自己，永远要保持一颗年轻的心，不可失去青春的朝气与梦想，即便现实冰冷无情。这同样意义重大。

但是二十八岁那年，我还是被自己苍白的青春击伤。因为现实的不如意与坎坷，让我更加怀念学生时代。记得那时，我重回中学母校，一次又一次地走着，触摸过去往事的痕迹。看着过去读书的教室，看着操场那颗郁郁葱葱的树，看着过去曾走过的地方，心生感伤。想起和同学一起开心地游戏、学习的场景，内心竟会颤抖，而现在，我再也没有那样的好友和快乐。我陷进青春的惆怅中，不断地幻想美好的学生时代所该有的样子。

看着别人有高中、大学同学会，而我什么都没有，只有寂寞、冷清，心里非常失落。很长一段时间，我都陷在这种青春的失落里。我找来一首首校园歌曲，听到那些纯真的歌声，本想添加些欢快的青春记忆，结果却加重我的惆怅。最后，我找到2005年中央电视台拍摄的关于大学生活的电视散文《毕业了》。这一次，我所有青春的惆怅在这里得到倾泻。我得承认,我被感动。我不厌其烦地看了一遍又一遍,回味其中的每个场景、每句话、每句歌词,久久地沉浸其中,不能自拔。这与我在现实遭受到的挫折与打击有关,我是在寻找一种慰藉。而这部电视散文,给了我这样的慰藉与留恋。它揭开我内心所有的美好幻想与忧伤,让这些情感一下子淹没了我,既感伤又温暖。

我找来许多校园图片和校园文字,希望从中扩展出一个立体、丰富的大学生活满足自己经历的残缺。我记得,当我以自考生身份参加福建师范大学本科论文答辩后,更加确信大学时光值得拥有。

走进校门,第一印象就是大气。宽阔的校门里是一片开阔地,校道绵延地伸向里面,高楼在远处默默地站立,"福建师范大学"六个大字高高地悬挂在楼上,感到几许厚重。在校园里,我看见一张张年轻而朝气蓬勃的脸,他们从我身边走过,让我感到青春明媚的气息。校园到处是三三两两结伴而行的学生,热闹非凡。相反,自己却有些苍老,但我只大他们几岁。文学院院长第一句话让我感到温暖:"很同情大家,以后我们都是校友了。"完成论文答辩后,指导我论文的吕若涵教授还详细地给我讲余光中散文的优缺点,进行小结,指明我论文中没有提及的地方。再想起之前,吕老师希望我写出好论文的话时,真是令人颇受鼓舞。对我这样的自考生没有歧视,没有丝毫敷衍了事,真是难能可贵。

如今,我已走出青春的惆怅。我知道,青春只是人生中短暂的一程,不可能永远停留。我们可以怀念,但不能深陷其中。不管明天怎样,我们都必须去面对。生活,从来不简单,每个人都一样。或者,我们可以借用一首歌描述青春以后的日子:"放心去飞／勇敢地去追／追一切我们未完成的梦。"

我们,都需要一颗勇敢的心面对未来。不要担心太多,不要害怕,不要惶恐,要像个勇士逆流而上,去开创一片属于我们的新天地。青春的朝气绝不会因为时间的流逝而消失,正如卡夫卡所说:"谁保持发现美的能力，谁就不会变老。"青春，永远是风轻云淡，永远是年少轻狂，永远是激情四射。

那些青春时光已经斑驳，幻化成一部老电影，只剩黑白的光影留作纪念。逝去的青春是一首斑驳之歌，宁静而唯美，感伤而动人。青春，终究是短暂的，但只要我们曾认真地活过就好。再见，青春。以后，也许我将不再写你，但会把你深深地藏在心里，不时地回味。就像现在，我仍然每天不停地听着这些青春校园歌曲，丝毫没有厌倦；不厌其烦地看着那些大学校园生活的电子杂志。

再见，青春……

盛夏的大自然童年

七八月的盛夏，阳光炽热，蝉鸣阵阵，草木繁盛。彼时，正是20世纪八九十年代的暑假，我在县城郊区附近悠闲地游荡。郊区有一条干净的小溪，溪岸上紧挨着一条通往县城主道的土路，草木沿着溪岸各自生长。这里的十几户人家，把房子建在靠近县城主道百米范围内的土路边，一切显得安恬。土路百米外的另一端是遍布的田野和远方，弥漫着最淳朴的大自然气息。

土路与溪岸间还有一片狭长、舒缓的小斜坡，宽三米多，比土路低，却高出小溪四、五米，随着溪岸一直延伸至远方。斜坡上到处随意长出一片片小树林，夹杂着许多叫不出名字的植物，成为草木的天堂。奶奶那时住在土路旁的两层石结构房，面向小溪。盛夏的午后，我们常在奶奶家门前的树林玩耍。

树林里最多的是相思树。小时候，不认识这种树，只觉得它好玩、好看。高大的灰褐色树干挺拔遒劲，表皮干净，犹如秀气书生，玉树临风。浓密的枝叶遮挡出片片绿荫，不觉得夏天有多炎热。林子里还有一棵长成斜卧姿势的树，只有一人高，树干有好几米长，足够三四个孩子坐在上面。我们很轻易爬上树，摘些枝叶，围成花环状，戴在头上，立马就有八路军战士的几分气概。有时，我们坐在树上摇晃枝叶，像在骑马。但有一次，据说一位小伙伴骑到树干末端的树杈上，刚好临近小溪，因为不小心摇得太用力，结果整个人滚到小溪里。幸好有水缓冲，人只是轻微擦伤，生吞了几口溪水，好在那时溪水干净也不深，并无大碍。

我们还把相思树的枝叶当作戏耍的玩具，它很软，即使不小心打在身上，也不会很疼。或者摘下一层层厚厚的枝叶垫在身下，舒舒服服地倚靠在树上，享受夏日的悠闲和阵阵清风，任阳光在树荫外无奈地叹息。偶尔只有零星的阳光透过枝叶的缝隙偷偷挤进来，无力地落到我们身上，成为记忆里好看的金光，为童年涂抹绚丽的色彩。相思树的叶子狭长，如手指般纤细，颜色深绿，表面光滑，和我们有最亲密的肌肤之亲，每个孩子身上都浸染着浓烈的草木气息。

等到相思树开花时，整片树林、整条溪岸在阳光中晃动起一片片无比盛大的灿烂金黄，夹杂在绿色的枝叶中，蔚为壮观。相思树花小巧、金黄，呈球状，大小不过一厘米，如鹅绒般酥软，在风中一抖，很容易星星点点地如蒲公英般飘落，铺就满地的金黄，也悄无声息地落到我们头上、身上，让树林扬起淡淡花香，如雾气朦胧般把我们沉浸其中，唤起美妙的意境，这是童年最美的模样和盛装。多年后回想，相思树果然名不虚传，它早已悄悄地把根种进我的记忆里，让我对它始终念念不忘。我又想，如果我是个插画师，足以让这些画面变成永恒，像宫崎骏动漫电影里的夏天，清新、纯美而经典。童年，确是这样的。

小树林不大，也算不上什么绝美的风景，但它有最朴素、原始的生机和活力，具备大自然最基本的元素和氛围，这已足够孕育出孩子对大地的热爱和向往。

树林里有竹子、香蕉、木瓜、桑葚、南瓜等植物，一派瓜果飘香，有的是自然长成，有的是奶奶栽种。在过去朴素的年代里，物质匮乏，可这里的街坊邻居个个都是勤劳、聪明的好手，都能物尽其用。他们在各自门前的溪岸旁栽些花果树木，获得天然、无污染的果实满足口欲，又节省一笔小钱，同时营造家门前的植物美景，一举多得。

　　先说竹子，大人们教我们，要在每天清晨六七点采竹叶心，还沾着露水，十分新鲜。深绿的竹叶心是尚未长开的嫩叶，长圆筒状，如针般细小，长十多厘米。我们折弯高处的竹叶，把竹叶心从竹叶中用力抽出，一根根竹叶心突然挣脱竹叶的牵扯，一个遽然的抖动反弹像在和我们较劲，有时也突然抖得我们后退好几步，让其他小伙伴大笑几声。我们仍满心欢喜地采摘，像获得一个个战利品，直到每个人手上都握了一大把。竹叶心是天然的降火良药，煮白开水可当茶饮，味道清新、好喝，茶汤呈淡淡的青绿，有最浓烈的草本气息。我们孩子也都喜欢，于是，只要哪天觉得上火，大家都往竹林跑，获取大自然源源不绝的馈赠。黄昏时，奶奶还带上工具到竹林挖竹笋，用手拨开笋底下一些泥土，拿起铁片对着笋根部斜敲几下，尖尖的小竹笋露出白色笋肉，顺势滑落，甚是可爱，然后用土掩埋好裸露的笋切面，让它们再长。我们每次只挖三四个，足够一顿夏日晚餐佐菜。

　　树林中有几棵并不高大的香蕉树，等到长出果实后，一摞摞半米多高的青色香蕉弯弯曲曲地向四周伸展，一个个规整地挂在树上，掩映在宽大的香蕉叶下，硕果累累，有十足的收获感。奶奶拿刀割下它们，放进大米缸中闷熟，直到香蕉由青变黄，才拿出来吃。木瓜则不然，要等长椭圆形的果实成熟才能摘。我们一边玩，一边观察哪个木瓜快变黄，踮起脚，伸手便可摘下。清洗后，切成两半，掏出味道清新、好闻的黑色木瓜籽，再把木瓜切成一个个小块，黄澄澄的果肉酥软、香甜，美味又好看。我们那时只知道它叫"万寿果"，这名字真好，成为我们童年的

169

真爱。

　　桑树的植株矮小、瘦弱，只有一米高，也能长果实。成熟的桑葚呈黑紫色或鲜红色，颜色浓重、晶亮，泛起诱人的色泽，直馋得人想尝尝。用手简单擦拭几下，径直塞入口中，味道甜中带着轻微的酸，爽口多汁，这个酸令人有些微皱眉，大呼过瘾。至于青涩的桑葚，只要你见到它青得逼人眼的样子，保证不会再有一丁点想吃它的想法，口中早已是满满尖利的酸意，连想一下牙都会颤栗。土路边，随处可见球状的小龙葵果矮矮地长着，只有几毫米大，一粒粒黑黝黝的小球果在青绿叶子的映衬下特别醒目，轻巧地随风摇曳。这可招惹了我们，于是一路玩一路摘着吃，甜中带酸，汁液如水柔软，溅得满嘴乌黑也不在乎，一个个笑逐颜开，成为好玩的小零食。

　　至于南瓜，似有魔力，宽卵形的叶子在地面胡乱生长、缠绕，逮着什么就攀附什么，藤蔓粗壮，生命力极强，撑起一片立体空间，遮盖其他矮小植物，像个霸道的国王，肆意地划出一片片自己想要就要的领地。印象最深的是，藏在南瓜叶子中漂亮的七星瓢虫，还没一个指甲大，卵圆形的鲜红背部有七个黑色小斑点，颜色分明，在叶子上踽踽爬行。用两个手指头轻轻抓住它时，会奋力展翅挣脱，仿佛是叫我们不要来骚扰。把它们关进火柴盒，用手指挑逗，让它们在盒子里翻转闪躲，十分有趣。等到南瓜开出漂亮、黄色钟状的花冠后，引来一只只小蜜蜂来回穿梭地采粉，给植物们添点生趣和动静。

　　林中还有许多小昆虫，一个个如同可爱的小精灵，惹人喜爱。天牛头部长有两条超长的触须，超过它身体的长度，显出几分威风。它们大摇大摆地伏在树干或枝上，十分显眼，黑色的背部带着几个白色斑点，泛起光泽，像是披着坚硬盔甲的将军，令人望而却步，不敢碰它。在花丛中翩翩起舞的是花蝴蝶，如小仙女散发出婀娜多姿的飘逸舞姿。蜻蜓则像直升机，轻盈、灵活地飞着，时而盘旋，时而上下左右、来来往往地徘徊，只有等它安静地停下，才能从后面偷袭。通常用手指猛的紧紧捏住其中两片透明薄翅，蜻蜓用两另两片薄翅奋力挣脱，用足够的力道一次次狠狠地拍打在我们手上，直到最后折裂、折伤脆弱的薄翅，蜷缩了身体、耷拉了脑袋，放弃抵抗。

想想昆虫们在这繁茂的枝叶间自由地飞翔、栖息，就觉得这林子一下子充满了生趣、魔力、隐秘和神奇，有着说不完的奇幻故事。我们在这玩耍，是大自然恩赐给我们的丰盛童年。

在大人午睡后，我们常跑出家门。阳光明晃晃地照射大地，在回忆里满满都是灿烂的金黄，我们却不觉得热。知了像发号施令的王者，在树上俯视大地，张狂地炫耀属于它时节的歌喉，让叫声此起彼伏，丝毫没有疲倦、停歇的意思。这让盛夏更加热闹，并营造出热闹中的另一种宁静。

我们最喜欢在青绿、浓密的叶子间寻找知了的踪影，与绿色无限相视，这很养眼。起初，我们用糯米做的碱粽粘知了。这种粽子有黏性，把它一团团地黏在竹竿末端，但因为粽子已经放久有些硬，黏性早不如前，往往黏住知了一会又飞了。我们转而找张小网，系在竹竿上，把网口斜对知了，慢慢靠近，突然迅速一扑又马上将网口朝上，将知了扫入网中，引得知了一阵惊叫，还不知道发生了什么。取下知了，折断翅膀，便无法逃走。我们把它们带回屋里，放在地上爬，知了似乎认命，显得安静、乖巧，随我们戏弄、阻挡或用手指弹远；或是让它们爬到手上，见它们不叫，轻捏几下，发出响彻整个屋子的尖锐叫声。这活生生的小生灵比其他呆板的玩具有趣多了。

我们玩捉迷藏，躲在树上和隐秘的草丛里，身上满满都是青草的气息。我还见过一只漂亮的翠鸟，停在离我几米外的岸边芦苇秆上，它转过头瞅瞅我，不大怕人，与我对视了好一会。长而尖锐的赤红小嘴，头部、背部披着一身连体的翠绿羽毛，还有好看的栗棕色前胸，一切色彩

171

是如此鲜艳夺目，仿佛是来自童话的精灵，给童年增加几许梦幻的色彩。不一会儿，翠鸟倏地突然飞向水面，一掠而过，像飞速的战机那么强劲有力，只留下芦苇秆在半空中上下颤动的身影。想必是去捕鱼了，这条小溪它怎会错过？连我们小孩都不会错过。

　　土路与县城主道交汇处有一座桥，桥下就是小溪。我们常从桥前二三十米土路旁的一条向下延伸的小石阶路，下到小溪边。一片片茂密的小竹林在溪边随风沙沙作响，我能听到粗壮的竹身摇晃所发出的沉闷吱呀声。深绿的竹子有六七米高，向四周倾斜，盛大而野性。

　　说也怪，这里的小溪河滩地有一小片向内凹进去的狭长小水塘，水塘宽约一米，长三米多，出口处就是潺潺的小溪。后来才发现，这个水塘最里面有一汪清泉，底下用小石条圈成四方形，常年冒出清澈透明的水，毫无杂质，真是名副其实的清澈见底，一眼可见水里的沙土，与小溪略有浊色的水形成鲜明对比。

　　我们经常围在那掬水玩耍、洗脸和手，但源源不绝冒出的水，让这股清泉始终保持干净和活力。泉水上空正好被一片高大的竹荫所遮掩，枯黄的竹叶有时掉在水上漂浮，打着漂亮的小旋翻转。我们时常拨起水，把竹叶当成小船赶着走，在夏日午后里感受泉水清冽的凉，更不知炎热为何物。偶尔也见过一两只小鱼在泉水底下悠游地游弋，想必是从小溪漏进来的，我们却从不在这里捉鱼。

　　在还没自来水的年代，附近人家都挑着桶到这取水，没人会破坏水源。黄昏时，人们挑着两个铁水桶走在溪边竹林小径上互打招呼，这样温暖的画面如今已不复存在，成为记忆里绝美的风景。不仅如此，附近一些烧柴火的人家开始做晚餐，从烟囱里升起袅袅的炊烟，更增添了几许诗意，让这一切美如画。

　　这里的小溪河滩很平整，有的人到这洗衣服，还在拿着古老的木棒捣，溪里泛起一圈圈肥皂的小水波。河滩边沿长满各种青绿的矮短水草，茎蔓却很有韧劲，要费很大劲才能扯下。我们对草自然没兴趣，小心试探水的深浅后，挽起裤脚，下到水里，拿着铲状的畚箕，往河滩边水草底下的水中用力向内捞。鱼经常躲在凹进的水草底下，当成庇护所，我们一次次从水里拿起畚箕，常能见到几条小鱼野性十足地在畚箕里活蹦乱跳，我们也很高兴。大点的鱼总是捞不到，常见的是大肚鱼，体形小，却游得快，很灵活；有半个手指大，肚子鼓鼓的，似乎能反射黄红相间的光泽，但没什么价值，只有捕捉的乐趣。有时，溪中忽然出现一条小水蛇，吓得我们不敢乱动，水蛇也突突地尽快朝前游走，不知道到底是谁怕谁。

胆大的孩子，早跑到前面桥下流水落差大的地方捉鱼。他们站在低处观察哪里有鱼出没，拿着畚箕等着鱼从高处石阶湍急的水中游下来，正好瓮中捉鳖。他们灵活地左瞧瞧、右瞅瞅，然后迅疾地跑过去，溅起一身水花，把畚箕往低处捞，又快速将畚箕向上甩甩。他们果然能捉到一些大鱼，让我们好生羡慕，响亮的哗哗流水声淹没了孩子兴奋的叫声。桥上，不时有人围着看捕鱼，闲聊几句，成为午后一种消遣。

我也学他们跑到桥下，但不敢往中间水流湍急的石头上走，只能呆在溪边浅水的沙土旁，有模有样地学别人用泥土围成一个窄窄的小水坑，只留一个小口让鱼进来。这个笨方法自然效果不佳，从来没捉过半只鱼。我倒是在水边，用空罐头捞起过几只小虾，满心欢喜拿回家养。起初，小虾还生龙活虎地游着，十分可爱。隔天，它却死了，一动不动地浮出水面，叫我好一阵伤心。我根本不懂怎么养虾，以为有水就能存活。后来才知道，虾只有在水质好的地方才能存活。

那时溪水干净，没什么污染，溪里的田螺成为人们喜欢的美食，炒辣椒后，"吱"的一声，用嘴一下子吸出壳里的肉，鲜美异常，一盘爆炒田螺就可吃饱一顿饭，无需配菜。还有河蛤，用白水煮出新鲜的汤很降火，味道十分新鲜；常常是喝完锅里所有的汤，只剩一大堆带壳的嫩肉，因为太小懒得吃，其实它的肉白、鲜嫩、柔软又好吃。这两样美食在当时，几乎是每家每户天天必备的佳肴，便宜又美味。它们在溪中随处可捞，在石头边、在水中随处可见。现在，却很少见这两样东西，多年未曾品尝，或者因水不够干净，不敢再品尝。

　　小溪一直沿着土路延伸至远方，一眼望不到头。有一次，我们和邻居家的孩子在聊小溪尽头有什么，大家一阵猜测，说出种种离奇答案，觉得远方应该很精彩，最后决定，要一起到小溪尽头看看。盛夏的午后，阳光毒辣辣地高照，我们说走就走，什么也没带，更没有帽子和水，六七个男孩、女孩不过都是小学生，一路横排开，浩浩荡荡地进发，像是出征。对我们来说，这是人生中第一次真正意义上的远行。大人们不知道我们跑去哪，我们也不知道远方到底有多远，一切都是未知数，更不知道会碰到什么，包括危险，颇有探险的味道，这很符合孩子长久以来的想象和期待。

　　我们一路走，一路聊见到的景物。走出百米后，再无人家，左边是小溪和浓密的树，右边是一畦畦低处的稻田。林前小溪静静地汩汩而流，反射出耀眼的闪亮光芒；稻田边深绿的灌溉水渠里倒映出另一片蓝天白云，与天上飘浮的云朵相映成趣，共同绘出水天一色。我们闻到稻子扑鼻的清香，还看见风掀起的阵阵金黄稻浪在向我们招手，是一幅浓墨重彩的夏日油画。稻田边还有一小片青绿色的甘蔗林站立着，忽然飞出一只鸡。同行的大孩子说，那是野鸡。或许是吧，体形瘦削，飞得挺高，像个短跑健将，跑得飞快，难以捕捉。

　　我们走了好久，数着路过一座座小桥，还计算桥与桥之间要走多少步，似乎怎么也走不完，遥遥无期，腿有些发软。我们流了许多汗，口干舌燥，依然不屈不挠地走着，没有一个说回头。"到了！快到了！"我们叫喊着，互相鼓励着，远方的答案快要揭晓。果然，我们到了，小溪尽头处却没什么新奇，汇入家乡那条更大的母亲河：鹿溪。再往这条大河远处望，真正一眼望不到头，远方有一座更大的桥。答案远没有想象中的满意，但我们都知道，孩子永远期待的是更为神奇的东西，而不只是真实。我们作罢，不再走，带着点失望回家。大人们知道后，没有责骂我们，而是很担心，叫我们以后千万不要再去那么远的地方。我们果然没再私自远行，但这次远行足以载入孩子的史册，成为永恒。

那时，整个童年都是完整、丰饶的，没有缺憾，奶奶还健在，大自然给予我们无穷的礼物和乐趣，一切都是如此美好、天真和快乐。而现在，这一切早已随着时间的消逝倏然不见。我们已没有过去的大自然，没有瓜果飘香和种种昆虫陪伴，更没有清澈的小溪和丰富的鱼类。走在新建的公园里，也难以见到蝴蝶、蜻蜓翩飞的身影，更不用说稀有的翠鸟，失去许多生机。一切都只能在记忆里重现，那丰盛、神奇并且值得致敬的童年！干杯！为这属于我们孩子的大自然童年。

第六辑　情感共鸣

和母亲聊聊

好多日子就在匆匆忙忙中过去,某个深夜,我终于有空坐下和母亲聊聊。

我极少注视母亲,即使是和她相对而坐。这一直是我的习惯,但我很快知道,这是我最坏的习惯。

我起身,坐到母亲身旁,和母亲说说家常话。我们聊得很愉快,已经很久没这样。十几平方米的小平房里,亮着一盏台灯,已是深夜十二点,周围一片寂静,只有我和母亲的谈话声。现在是冬天,屋外很冷,屋里却很温暖。

正说着话时,母亲把右脚架到左腿上。我仿佛瞥见一片暗淡的颜色。仔细一瞧,是母亲的右脚底,全然不是健康的肤色。有点黑,那是皮肤干裂造成的。再仔细一看,那表层的皮肤,像被刀割成一小片一小片的,有点像鱼鳞。这一小片一小片的鱼鳞,仿佛也在割伤我的心。我有些咋舌:"妈,你的脚怎么了?"

"裂了。"母亲回答得很轻松,一脸的笑容,对我这个问题感到奇怪。

"怎么裂成这样？真够吓人的。"

"早就这样，现在已经好多了。夏天更严重，都裂出血了。"

"一年四季都这样？"

"是啊。冬天还好，穿着袜子，不那么严重。"母亲还是一脸的轻松，我却有些心事重重。

我用手摸了摸母亲干裂的脚和那些干裂的皮肤，早就失去水分和弹性，硬邦邦的粗糙。那些裂痕是那么深，仿佛是被一把锋利的刀硬生生地割下去。我抚摸着这些裂痕，线条分明，甚至有些刮疼我的手。

"会疼吗？"

"当然会了，怎么不会？"

"该去找医生看看。"

"不用，看什么医生，这不是病，正常现象，没有脚气。"

我瞅了瞅母亲，有一种说不出的感觉。我忽然感到母亲多么慈爱，其实，母亲一直以来都很慈爱，只是我从来没有认真体会。回想这些年来，我对母亲的忽视，着实不该。我真的应该多关心母亲，多和她聊聊，毕竟，她年纪已大。想想看，有些时候，有些事情可能就只有一次。比如，童年时和母亲手牵手一起上街。再说近一点，或许，我们已经很久没和母亲一起逛街了。

母亲永远无私，只是不停地付出再付出，只要自己的孩子能过得好，天底下的每个母亲都会感到幸福快乐。有时想，母亲并不需要什么回报，需要的只是孩子一颗理解的心。物质对母亲来说，并不那么重要。于是，我们经常看到，工作在外的孩子给母亲寄了很多钱，但母亲并不开心，因为情感没有了着落与依托，失去了根。因此，我们经常听到，孩子打电话回家，母亲总会不厌其烦地问，你们几时回来。对母亲来说，孩子就是她的牵挂、念想。只要孩子能给她一声问候，或者能听到孩子的声音，母亲就会很满足，像中了彩票一样高兴。

生活节奏越来越快，每个人都很忙。我们每天都要面对生活压力，但母亲更需要我们的情感关怀，尤其是那些正在日渐苍老的母亲。我想，给母亲点关怀并不难，只要稍微用点心就够了。比如，给母亲买点小礼物，虽说她嘴上说你浪费，但脸上掩饰不住满心的欢喜。等到别人来了，就会一个劲地向别人夸耀，这是儿女送给她的，活脱脱像个孩子。若真是工作忙，那么不妨多打点电话，说说家常话，随便说东道西，问问母亲的情况，母亲就会知足。

如果我们无法为母亲创造好的条件，那么至少，我们还能多陪母亲聊聊。

诗书传家告子孙

我的爷爷一生坎坷,只读到小学,但唯独爱看书。

他生于1927年,正是局势动乱的年代。出生后不久,他的母亲去世,只好过继给别人当养子。不料,命运曲折,养母没多久也去世,他成了孤儿,由祖辈的奶奶拉扯长大。成年后,爷爷在县一中当食堂炊事员,工作相当辛苦,每天早上五点起床,从井里打水、烧柴、做饭。后来,大概因为爷爷识字,被调到学校门卫传达室,专管信件、报刊投送。我猜,爷爷从那时起喜欢上书,可以接触到各种报刊、书籍。

爷爷一开始是临时工,工资低,又要抚养六个儿子,生活艰辛。我记得父亲跟我提过,最困难时,他们兄弟六人要把一根油条分成六份吃。奶奶身体瘦弱,身高不到一米六,也去建筑工地打工,和别人一起扛一百多斤的长石条颤颤巍巍地走房梁、建房子,补贴家用,这是繁重又危险的体力活。尽管如此,爷爷对书还是相当痴迷,有时实在困难,就暂不买书,以致奶奶对此也颇有微词:买这么多书,有什么用?

爷爷的书具体有多少,谁也说不清楚。我曾在他的书柜里看到,从

《东周列国志》直到清朝各个朝代的历史演义，一应俱全，摆放整齐。中国各个朝代重要的文学名著、白话小说，他大多都有。四大名著自然不在话下，连许多续集都有，如《水浒传》后续的就有《后水浒传》《水浒别传》《结水浒传》《梁山小将传》。他特别喜欢古代小说，喜欢帝王故事、将相传奇以及历史名人轶事，甚至是民国军阀、上海黑帮的故事和各种民间奇闻，这都是他搜集的重点。他也喜欢武侠小说，有一整套完整的金庸武侠作品集，并对我提起金庸为自己作品写的一副对联："飞雪连天射白鹿，笑书神侠倚碧鸳"。其他不知名作者的武侠小说，什么《飞天大侠》《彭祖三十六剑》更是林林总总，难以说清。

上中学后，我每到寒、暑假就找爷爷借书。除四大名著外，还看了《说岳全传》《隋唐演义》《封神演义》《天龙八部》等，这些书出版年代早，朴素简约，书里有不少精彩的人物黑白插图，衣袂飘飞，一张张生动的面孔述说着一个个传奇。一翻开书，满眼尽是历史、武侠、功夫的光影，飞腾着江湖豪气，陪我度过人生中那段最美好的读书时光，同时给我最早的文学启蒙。那些年的暑假，我兴味盎然，沉迷于书中一段段热血冲天的英雄好汉故事。每读完一本书，就在阳光暴晒的午后，满身大汗地直奔爷爷住处，急不可待地找下一本。

除了书外，爷爷还有不少报纸、杂志、连环画，但都散失了。记得小时候，在老屋客厅的柜子里，藏着许多漫画、彩色连环画之类的杂志。我那时乖巧，整个夏天都呆在屋里，闲聊无事，翻箱倒柜，才发现这些宝贝。于是，每到中午，在大人睡后，我总习惯性地找出这些书，或坐、或躺在洗净的地上，津津有味地看。七彩的图画带动着故事情节，让识字不多的我，仍可以看懂整个故事的来龙去脉。这些杂志有的是20世纪八九十年代流行的动画片，丰富的图画让我发展了形象思维，可以如魔法师那样，构想一个个更加荒诞、神奇、多彩的画面。有的是科普知识，比如用一幅幅彩色图画介绍潜艇的构造，以及发射导弹的过程，风趣易懂。我还记得有一本写暑假时，一个少年跟着大人到大兴安岭生活的故事，山野大自然的神秘博大和大地之美，从那时起深深地印刻在我心上。这让童年的我，有了丰富的视觉感和想象力，常常会看着书发呆，想象自己走进书中的故事情节，和他们一起经历神秘、冒险的旅程。这种阅读的快乐和无比满足的心情，是以后任何时候都无法比拟的。

爷爷九十二岁那年，跟我提过，他的身体在衰退，耳背眼花，可能不久于人世。我说，不会，您身体一直很好，人老了，身体总会或多或少有点毛病，不要乱想。他又跟我说："没什么贵重东西留给子孙，只有书和邮票，当作纪念。"我没把爷爷的话当回事。隔年四月，爷爷骤然离世，让我十分意外、悲痛。我们把爷爷留下的书分成六份，每家一份，留作纪念。

这些书大多都保存得很好。除了书页边缘自然泛黄外，打开书，书页里仍然一片光洁，没什么破损、污渍，也没有任何一笔乱涂乱画的痕迹。书中更无异味，都是纸张清爽的书香。爷爷把书当宝贝，经常把书搬出晒太阳，防止霉变。有很多书，由于当时条件有限，用20世纪80年代包装食品、茶叶的塑料袋包裹着，有的上面还印着商标，有的是全透明。他还把同系列的书用绳子绑成一套，用袋子装在一起。

不论什么书，他都很爱惜，哪怕是地摊上的盗版书。我见过一本劣质书，纸张又薄又脆，略似半透明，极容易破裂，书中每页都有少许字印得模糊不清，但爷爷仍认认真真、一笔一画地用圆珠笔勾描好，字迹工工整整，尽量和原来的印刷字体一样，丝毫没有敷衍。他舍不得在书里随意写字，连自己的名字都用鲜红的私章印在书里的扉页、目录和末页，以示他是书的主人。有些封面破损的书，他还用纸张精心糊好，形成一个完整的封面。

直到此时，我才知道爷爷的书相当驳杂。除文学、历史、武侠外，在我分得的这些书里，有《太平公主》《上官婉儿》《中国四大美人》《燕

183

子李三》《于谦传》《文天祥传》等人物传记，还有《对联故事》《古诗佳话》《谜语故事》《戏曲脸谱故事》等杂七杂八的小本书，甚至还有古老的明信片《颐和园》《中国古代文物》等。有些书，他不只买一次，比如《西游记》买了许多不同的版本，包括《续西游记》。他的书不曾一页有过折痕，看到哪里，就用一张纸或撕下的日历夹着，当作书签，至今还在书里保留着。在没有书签、生活艰辛的年代，这是最省钱的方法。在我看到的这些书里，他买书的年代从20世纪50年代开始一直延续到去世的前几年。他还订阅过不少杂志，他最喜欢《今古传奇》，一直订阅到前两年才停止。为此，杂志社为感谢老读者的订阅，曾寄来一件红色T恤作为杂志周年纪念品，爷爷把这件衣服送给我已有十多年，我至今仍在穿。

他为这些书花费不少的金钱和精力，乐此不疲。我曾好奇，爷爷只有小学文化，为何能看懂这么多深奥的历史书籍。他对我说，不懂的字就查字典。他每次和我说起历史故事，什么杨家将、穆桂英等就滔滔不绝，了然于胸。他因为爱看书，总在学校举办的猜灯谜活动中，猜中许多老师都解不开的谜底，让老师们刮目相看，以致有人都要请教他一些知识，俨然成了别人眼中的行家。

爷爷一生勤俭节约，舍不得乱花钱享受，却对买书始终津津乐道，醉心于此。我忽觉他有种精神，不论生活多苦多难，始终乐观向上，营造自己想要的生活，就像他如此爱书。他没有不良嗜好，始终保持着良好的生活习惯，不喝酒，也不打牌，一辈子都走路，不会骑车。平日有空逛街，必去书店。退休后，他经常去学校看报纸，同老教师谈天说地，过着知识化的生活。我在当地报社当编辑后，他经常嘱咐我，要拿家乡的县报给他看。他总把县报叠得整整齐齐，尤其喜欢看我编的家乡历史文化，并不时问我，最近家乡有没有什么新闻。八十多岁时，他还经常走四五公里的远路去看为神明祝寿而请来的地方芗剧表演，生活充实而快乐。

爷爷离去了，我却认为，他是以诗书传家，留下的不只是书，更是种人生品质和生活态度。他诚实，与人从无争端。要说社会地位，没有，一生平凡卑微，也曾遭人轻视，也没做过什么大事。若论苦，我曾觉得比起同辈人，自己并不幸运，但比起爷爷经历的难以想象的苦，实在是微不足道、好笑至极。爷爷安于自己的人生，不曾听他怨过什么，从命运无法选择的生活里、从力所能及的范围内活出属于自己的人生。他不曾想过，爱书究竟能得到什么现实好处和利益，并改变什么，仅仅因为是喜欢，这很纯粹，也给我某些启发。

爷爷给我买过《史记》《喻世明言》《警世通言》《醒世恒言》，但我一直未拆封。这些书现在看就像种喻示，我认真而庄重地把它们拆开，真正接受这份沉甸甸的传家之书。我把爷爷的书都放在同一书柜，让它们团聚，并且保留着那些包裹书的塑料袋，尽量保持原样。透过通透、整洁的玻璃，我每天睁开眼醒来，都能看见书立在那里。有些书年代久远，显得很旧，但毫无违和感，看着反而让人倍觉舒心。

我看着这些书，总感觉爷爷并未离去，仿佛又看见他站在书柜前整理他的书。我能十分清晰地想象他翻书时的情景，就在眼前，历历在目，这让我平生第一次真正形象地理解了"活在心中"的含义，它是如此真实不虚。我又惊觉，那些书瞬间闪现出一丝光芒，透过明净的玻璃，径直窜入我心里，再也不会消逝，成为永恒。

陌生的母亲

一直知道母亲的属相，却一直忘了母亲不断改变的年龄。那天，少有空闲地看着母亲，想起这个问题，心里像打算盘似的，快速地算出母亲的年纪。母亲居然五十八岁了，我本能地说出这句本不该说出的话。母亲似乎意识到什么，叹了口气："是啊，已经五十八了，已经过了大半辈子。"

我忽然觉得母亲很陌生，尽力地在脑中搜寻关于母亲年轻时的记忆，可是却没有任何关于母亲年轻面容的清晰影像。只记得小时候，母亲背着我到郊外割草的身影，弯着腰很费劲的样子。一手拿着镰刀，一手扶着我，割几下草，就稍停一下，不时地把我往背上拱。那是在盛夏的上午，阳光把母亲沐浴在一片金色的光辉中，我觉得那场景很神圣，也很唯美。

第二天中午，母亲又说了那句"过了大半辈子"的话。我不知道该说些什么，只能沉默。到了晚上，我看见母亲坐在门前石阶上乘凉，耷拉着头，有点无精打采。她把灯关了，一个人坐在黑暗中，但借着对面人家映照过来的灯光，仍能看见她歪斜的身影。见我来了，又叹气地说那句"过了大半辈子"的话。这一次，我的心不能平静，仿佛被什么刺痛，但我依旧不知道该说些什么。那一刻，我很认真地看着母亲，想把她的面容丝毫不差地刻进我的脑海里，哪怕只是那浅浅的皱纹。

我一直在想着那句让母亲感慨三次的话，那绝不是简单的"岁月无情"所能概括。每次想起母亲这卑微、辛苦的大半辈子，便了解母亲的感慨是那么真实、沉重。

母亲从来与幸福无关。因为父亲捉襟见肘的收入，因为母亲没有工作，在经济最为拮据的日子里，她从没开口向别人借钱，靠着自己的节俭渡过难关。记得小时候，母亲常常是一碗稀饭和着点酱油，却把仅有的一丁点肉片撕成如纸屑般大小的条状，放进我的碗里，然后让我快吃。我觉得饭很可口，丝毫不懂母亲的辛苦，不懂得留点给母亲；但母亲，总是很开心地看着我狼吞虎咽地吃完。

我在外地读书时，母亲靠父亲每个月五百元的工资和她自己赚的少许钱维持生活。每个月还要寄给我三百元生活费，母亲的艰难可想而知。我甚至不知道，当时家庭是怎样度过这艰苦的三年，而我心安理得地买了不少没必要的报刊。母亲每次理发前，总要先在家里洗好头，再去理发。我问她为什么要这样做，她说这样可以省两元。

也许是母亲没有工作的原因，在我的印象中，她没有什么朋友来往，只是尽心尽力地料理好这个家，这就是她的全部。只要把家照料好，她就很满足，这就像她光荣而神圣的事业。她的生活单调、乏味，又不识多少字，只是呆在家里。别说去哪，就是到街上走走也很少。在奔向小康生活的今天，我觉得母亲的生存状态是何等的苍白、贫瘠。

2009年，家里被拆迁。原本不富裕的我们更是面临沉重的经济压力，虽说有补偿款，但买一套安置房还欠了一大半，算上将来的装修费用，对我们来说，无异一笔巨款，当时我们连装修的钱也凑不够。那时，我们家一个月收入才两千多元，生活压力很大。在安置房还没建好时，我们只好租房子。由于大面积拆迁，租房也不容易，我们租了一室一厅却要一年四千元的租金，对一个县城来讲，真是价格不菲。

母亲知道，那时的钱对我们来说，比任何时候都更重要，我们只能靠自己，不会有人帮忙。虽说母亲没有收入，但是极其懂得如何节约。要知道，那时我们一家三口每月的生活费不到一千元，母亲特别会安排。而且，亲戚朋友等人情世故上的红包等，从来都没落下。对母亲来说，省钱就是硬道理。

那时，每到晚上，母亲很少开灯。屋里常常只亮一盏三瓦的小夜灯。母亲说：省点电费煮饭。在母亲的影响下，我也觉得这是种好方法。我也少开灯，只是打开电脑写点文字，但这点光亮对我来说，已经足够。那时，我常想起母亲那句"名言"：有节约总是不一样。

有一次，我要洗头发，看见脸盆有水，本想倒掉。

"盆子里的水是干净的，"母亲提醒道。

我转过头来，满脸疑惑地看着母亲，她和往常一样，显得很平静。

"我放着晒太阳，刚才就用这些热水洗头发"母亲有点得意地解释道，脸上浮起满足的笑容，这很少见。

我的心猛地一沉，不知该说什么："哦，好……"

虽说我也是个节俭的人，但只要想起母亲，总有点负疚感。比如，那时家里没条件上网，我一个月在网吧有时要花掉四五十元，这让我觉得着实不该，虽说我不是上网聊天、玩游戏，而是看文学、投稿。但在我看来，我不该有任何的浪费，想想母亲的节俭，就该自责。她太过节俭，只顾着我和父亲，很少为自己考虑。

这几年，我看到母亲的日渐苍老，还有她脸上以前从没出现的斑点。我感到慌张，不敢推算时间，但母亲还是在我不知不觉的长大中变老了；或者说，母亲是在我的忽视中变老了，我更觉得母亲是受了大苦难的人。

是母亲冒着生命危险生下我，又是母亲含辛茹苦地养育我长大成人。

我常想，为了母亲，我应该，也可以忍受许多事情。不要和母亲争吵，不让她难过，不说让她伤心的话。我应该多陪她聊聊，她是那么孤独。总有一天，我一定要让她过上好日子，至少不必像现在这么辛苦。

　　2010年，我的散文获得省级奖，当地电视台来采访，母亲坐在旁边也上了电视。认识母亲的人总会问起这件事，我能感受到母亲很高兴，觉得自己扬眉吐气了，好像我们以另一种方式战胜别人轻视的目光，那是她不曾有过的喜悦。我更知道，我是她的寄托和希望，我们互相依靠，像一叶浮萍，在生活的洪流中浮浮沉沉。

　　的确，母亲很平凡，许多年前，我甚至认为母亲很平庸。现在，我却觉得母亲的形象是那么高大，而且随着岁月的流逝，会更加清晰起来。也许，在母亲看来，一切远没有我想的严重，但在我看来，这是一种良心的感召和必要的情感认知。没有这种认知，就是一种良心的泯灭与人性的丧失。母亲，我不会再让你变得陌生的。

坎坷又痴迷小提琴的父亲

　　我的父亲一生算得上坎坷。读中学时，他的成绩一直名列前茅，是班上的学习委员。业余时间，他还自学刻印、拼装收音机。十七岁那年，作为长子的父亲和奶奶一起扛一百多斤的长石条硬挺着、颤颤巍巍地走房梁、建房子，一切都是被生活所迫，父亲底下还有五个弟弟。同在工地干活的大人见了，都感叹身体瘦弱的父亲这么小就出来打工。父亲笑言，他是扛石头才压得长不高。他也因此学会一些建筑本领，后来叫几个人帮忙，一起在家里盖出一间十几平方米的石结构房，并由自己抹好墙壁。父亲年轻时很聪明，借用别人的工具学木工，制作木桌、木椅。初中毕业后，他以全镇区第一名的成绩考上中专，但"文革"来了，采取读书推荐制，又因派性问题，结果这个唯一的名额给了成绩远不如他并有特殊背景的人。如果不是这次变故，父亲的整个人生都会改变，不会这么艰辛。

　　接着，父亲上山下乡当了十年知青后，被安排回县里的食杂商店当临时工。没多久，这些国营商店倒闭，父亲失业，没有任何收入。思来想去，父亲试着自己经营商店，但由于资金少，地段一般，再加上母亲忙于收、编毛衣，家里人手不够，生意不好，没多久就关门。在20世纪90年代初，父亲几经辗转，到一个单位当临时工，负责门卫工作。他每天都要上班，晚上都要住在单位，连大年三十晚上都经常不能和我们吃团圆饭，并且还要干繁重的体力活，同为临时工的其他人却不用。但父亲的工资只有一百多元，是单位最低的，就这样干了六年之久。

除了做好门卫工作，父亲还要管理单位广场前几百平方米的绿化。虽然没什么具体要求，但父亲很认真地把绿植顶部修剪平整，又从侧面不同角度剪成一条斜线，形成立体的造型感，直到绿植变得好看、规整，让自己满意，这要花费很多功夫，单位同事见了纷纷赞扬单位绿化漂亮，有艺术感。父亲拿着十几斤重的大剪刀修剪粗硬的枝叶时，满身大汗自然不用说，更严重的是，身上经常被蚊虫叮咬得满身通红，尤其是背部仿佛膨胀似的，叫人看了头皮发麻。父亲每次回来，母亲都赶紧让他洗澡、换衣服，并买药替父亲抹上。单位每月补贴父亲五十元，我们笑称不够药钱和洗衣粉钱。

六年后，父亲想调入单位下属企业，虽然已经倒闭，但可以成为正式工。却不想，父亲明明条件具备，符合政策，就是办不下来。期间，父亲工作上还遭到种种阻力，一言难尽。那年，正值壮年的父亲身体不佳，四十几岁就掉了许多牙齿，而十四岁的我摔断手，家里经济困顿，真是事事不顺。父亲善良、诚实，从不乱来，也不能跟人怎么样，隐忍着，承受着。

这些事不知怎的让县领导有所获悉先是县里的宣传部领导到单位看父亲一面，接着县政府主要领导也来了，他们没说什么，只是看看。不久，上级让县里相关部门领导直接到父亲单位开现场办公会，协调办理父亲工作调动一事，这才顺利解决。

其实，县领导认得父亲。因为父亲会拉小提琴，年轻时经常热情参加全县的文艺演出、"三下乡"演出、大合唱汇演、录音、配乐、在乐队为合唱团伴奏，多年的舞台表演已让人熟知他的面孔，但那都是义务为县里的宣传工作服务，并无任何报酬，直到后来因为工作原因才淡出。父亲曾以演奏小提琴十级作品《苗岭的早晨》在全县的器乐比赛中获最高奖，并加入市音乐家协会。父亲年轻时，就是标准的文艺青年，虽没文凭，却也有不少女老师向他求教拉琴。

父亲其他方面一般，唯独对小提琴有高超的天赋。他最初拉二胡，后来听见小提琴优美的音色，便着了迷。他没有任何老师教，一边自学五线谱乐理，一边四处借琴谱，一边摸索学小提琴。虽然父亲平时做事一向随意，但他抄的五线谱琴谱工工整整，一个个音符像一只只小蝌蚪，十分漂亮、规整，曲谱像是印刷出来的，像教材一样。多年后，当我拿出这些仍然保存得很好的琴谱，仍为之惊叹，换我肯定做不到如此耐心、用心，抄写得如此标准，没有一丝敷衍的痕迹。没地方找琴谱时，他甚至会一边听唱片一边记录旋律，并拿琴逐一从C调开始拉，核对应是什么大调、什么小调，这样才能拉出曲目原有的正确音高，这让我惊愕。即使我也会拉小提琴，至今也无法听着旋律，写下准确的曲谱，这种乐感不是人人都能具备。他就是靠这样听唱片、学唱片拉琴而自学成才。每首乐曲，他都反反复复听上许多遍，直到将旋律烂熟于心。

父亲从来不会乱花钱，穿的都是便宜货，朴素没档次，更不会喝酒、抽烟、大吃大喝、花钱享受，经济的困境让他懂得只能勤俭自己。他把工资都给母亲，却在20世纪80年代舍得买一百多元的唱片机和许多小提琴老唱片，并因此和母亲有些争执。对于当时一个月收入只有几十元的家庭来说，这价格有点不菲，但父亲只任性这一次，以后再也没有。小提琴是他唯一可以消遣，并能面对以后漫长清寒生活的最佳方式。即便现在，我们已过上比较富足的日子，父亲仍没有买过一把上千元的演奏琴，他觉得没必要浪费。那把陪伴他四十多年的普通练习琴，他仍在使用，但琴弦上的指板，已被左手指按出磨损低凹的痕迹。

父亲能学好小提琴，不单靠兴趣和勤奋，更主要的是，他当时在新华书店偶然买到一套《卡尔·弗莱什小提琴演奏技巧》，这套书理论指导系统、科学、全面，讲解技巧透彻、精深，是一本很好的正规教材，所有小提琴的技巧难题在这本书里都得到很好的阐释。父亲把它当宝贝珍藏，从不示人、借人。他还买了些零星辅助教材，如《舍夫契克左手技巧练习》，专门练习高把位换把、双音及和弦。

只要有空，父亲回家就一个人津津有味地拉琴，哪也不去。有时他闭着眼睛，自我陶醉，整个身体随着拉琴的动作不断摆动，他的身体语言就是音乐旋律、节奏的体现。他在琴声中是如此满足、快乐，为自己攻克一首首难度大的乐曲而高兴，仿佛拥有了一切，暂时淡忘诸多现实。面对生活的拮据，他知道自己不能乱花钱外出应酬，因此只能和琴相伴。命运有时极其苦涩，却又必须坚忍前行。

不拉琴时，他一边看曲谱、一边哼唱、一边用手和脚打节奏；有时他还边看谱、边用左手凭空练指法，无比痴迷。他的小提琴水平因此进步神速，很快会拉些名曲，如《梁祝》选段、中国最难的十级作品《阳光照耀着塔吉尔干沙漠》，甚至是后来更难的小提琴世界名曲《流浪者之歌》。父亲晚上曾在单位里的值班室演奏，优美的琴声穿过楼上的房屋，引得单位其他年轻的大学生同事下楼前来聆听，说他的演奏音色像唱片。这话不夸张，父亲的琴声确实好听，连自己都觉得音色不输给唱片。以前参加县里演出时，乐队指挥就经常找父亲录音，他算是乐队的小提琴首席。

父亲也曾为亲朋好友的孩子教琴，但从不以赚钱为目的。一些亲戚朋友送钱来，看在情分上，他不收，有时收点礼品算数。不像现在，学一节乐器课就要上百元费用。他不懂搞经济，又缺少一张文凭，小提琴没有给他带来什么收入，母亲因此经常说他是歪才。小提琴是他自娱自乐的方式，美好而无奈。但我总想，如果他有机会上院校读音乐，凭他的天赋，结果肯定要好上很多。

　　我读师范学校后，才开始和父亲学小提琴。放假回来的晚上，我经常跑到父亲单位值班室，让他带着我一起拉琴。父亲仔细指导、讲解音符，甚至是每个音符的上下弓法。他经常在一旁聆听我的演奏，为我的进步高兴，甚至说我拉出的音色不错。有时，他会拿出从单位报刊收集的有关音乐、小提琴的剪报，我也很有兴趣地和他翻看、讨论这些资料：比如帕格尼尼的乐曲最难，还有一些小提琴家的故事，如穆特、薛伟、吕思清等。那是父亲最快乐的日子，他总喜欢和我聊天，脸上满是笑容。偶尔碰到电视上表演小提琴节目时，我们就一起欣赏、谈论这位演奏家如何，这首乐曲有什么特色等。母亲见了都说："你和你爸比较要好，有话说。"

　　庆幸的是，在我二十岁毕业参加工作后，虽然家里经济仍然紧巴巴，但我们从没向亲朋好友借过一分钱，完全靠自己的勤俭东拼西凑，勉强凑够钱为父亲办理了社保。如今，父亲已退休，虽然退休金不多，但也足够基本开支，这让我感到欣慰。现在，他有时也拉拉琴，但已不像从前那么频繁，更加注意锻炼身体。有时想，类似像父亲这样坎坷的人，谁都不能要求他们再做点什么。

给我美好年华的老师

十五年过去,我仍深深地记得那段充满阳光、热情的初中时光。它是我经历过的最快乐的日子,这一切都要感谢当时的班主任黄老师,是他给了我这样一段美好年华。

那时,我虽然考上县一中,但成绩不算多好,勉强刚刚达到录取分数线。学校总共正式录取三百名学生,可见,我的成绩不怎样,没什么优势可言,这从我排在班级三十五号的座号体现出来。

记得刚入学时,全班同学正在教室里七嘴八舌地说些什么。不一会儿,一位年轻的男老师走进来,大家立刻安静下来。看样子,也不过二十几岁,毕业没多久。戴着一副眼镜,短头发,圆脸,人长得白净,高高瘦瘦,感觉精明干练。不过,他的脸始终洋溢着春风般的和蔼笑容,目光里充满亲切与笑意,让我们觉得很舒服,也跟着有了微微的笑意。然而,在我心里,竟对他产生一种说不清楚的好感与期待。

黄老师开始说话,目光里闪耀着兴奋与喜悦,他的语气温和、平等,丝毫没有高高在上的感觉:"首先,向同学们介绍一下自己,我叫黄朝旭。"说完，拿起粉笔，在黑板正中工工整整地写上他的名字。字写得很大，一看就知道练过书法。一笔一划写得极认真，每一笔都是那么庄重、有力，结构也好，四平八稳，很舒展的样子。他漂亮的楷书，给人一种踏实感，让我崇敬与向往。记得那时教室里静极了，仿佛没人一样，大家似乎都被他的开场白迷住。写完后，他告诉我们，以后可以叫他黄老师，脸上还是一种平和的微笑；接着，拿起黑板擦轻轻擦掉名字，然后又把黑板擦朝上整齐地放在讲台边上。

读初一时，黄老师教政治。印象中，他上课总是一丝不苟，声音响亮，说话不紧也不慢，从不会厉声呵斥，总会很仔细地叫我们翻到哪一页，画一些重点知识。只要是他的课，大家都很守纪律，好像从来就没有人想捣蛋。反正，只要他教的科目，我都学得好，喜欢他的课。因为喜欢，自然学习更加用功，丝毫不觉得累。不久，第一次单元考试开始，我很快做完。黄老师提醒我们，做好的同学可以先交卷回家。我和两个同学走上讲台交卷后，未等我们把书包收拾好，黄老师已经低头粗略看完考卷，当场向全班同学宣布：我们三个人的成绩都在九十分以上。看着别人还在答卷，自己却可以提前回家，满满的自信从心里溢出。我最初的自信就是从那时开始，原来，我也可以这么优秀。过去，我的学习很少能数一数二。

这种良好的学习状态、心理状态，让我的学习显得轻松自在、游刃有余。大部分科目对我都不是难事，除了语文、英语还不够拔尖外。但我的成绩很稳定，在期中、期末考试中，几乎每科都能考到八十分以上，我的名次总能进入班级前十名。也因此，拿到不少"创优"奖状。所谓"创优"奖状，是指每科成绩都要在八十分以上，或者可以有一科不上八十分，但其他科目平均分要在八十五分以上。

一次又一次的创优成绩，让我都有点骄傲。每逢期中、期末考试，黄老师总会奖励一些学习进步的同学，我当然不例外。奖品是一本不薄的笔记本，里面有黄老师亲自写的奖励评语，大意是我在某学年考试中，学习进步显著，以资鼓励的话。当然，黄老师的字还是和从前一样，是工整、漂亮、舒展的楷书，让我很敬佩。以至我每次用这些奖励的笔记本时，总要提醒自己，尽量把字写好，以免破坏笔记本的美观，似乎有些庄重与神圣的感觉。

黄老师很重视引导我们立下志向。虽然才读初中，他老早把重点大学名录贴在墙上，让我们心里有底，看看以后想读什么大学，激发学习动力，从小确立奋斗目标。班会课上，黄老师似乎总会跟我们讲人生、理想等等。有时，让我们来个主题发言，有时让我们辩论，引导我们学习、组织、锻炼。后来，我们会自己组织辩论活动，不需要老师参与。青春年少的激情，得到最大程度的张扬。我们一个个仿佛都是国家栋梁之才，总会说些虚无缥缈的理想，什么尼克松，什么"二战"，什么政治等等，以后要成为什么政治家、将军等等，大有指点江山的豪气。现在想来，当初真是年少轻狂。不过，至今仍很庆幸曾有过这样的年少轻狂，否则，青春岁月就太单调。

记得一次班会上，黄老师要求我们制定学习计划，并交由他审阅，再发还我们。当时，我学习不错，觉得不需要多少时间学习，把晚上的学习时间定为七点到八点半。我以为黄老师只是随便看看，没想到，他却很详细地修改我的学习计划，像批改作业一样认真，把晚上的学习时间改为七点至九点半。

我的表现也引起黄老师的特别关注。平时，他也会和我说说话，聊聊天，鼓励我，像朋友一样，平等、民主、尊重。在他面前，我没什么压力。我开始喜欢这样的班级与氛围，连劳动都觉得有意思。每次劳动，我都很投入，不怕苦不怕累。我愿意为这样的班集体付出，以班级为荣，从没想过得到什么。

班级有了一种好氛围，活泼，积极向上，开朗，有巨大的凝聚力。

因为班级成绩不错，黄老师也愿意组织一些课外活动。我们最喜欢联欢会，一般是实习老师要走时才会举行。有一次，我们一群同学围着黄老师说情，央求他举办联欢会。起初，他不同意。但看着女同学撒娇，男同学乞求，还有我们似乎可怜兮兮的样子，便答应了。我还记得他当时说的话："好了好了……"语速很快，一边说着一边扶扶眼镜框，我们顿时欢呼起来。看着我们欢呼，他觉得有些好笑又有些可气，无奈地笑了。当时，只有我们班能举行，其他班级的同学都很羡慕。

那是夏夜，忽然下起小雨。我们在简朴的平房教室里，把桌子围成长方形，把教室中间的场地空出来，点上蜡烛，在教室挂上一些彩带。虽然一切都很简单，却很温馨。老旧的教室，温暖的烛光，融洽的集体，还有最懂我们的老师，成为我学生时代最温暖的记忆。一个个节目虽然简单，但都是同学们真诚的体现。连我这种平时很少说话的胆小鬼，中途居然也自告奋勇唱歌，大家都很惊讶。开始唱时，还不错，没想到后来走调，大家大笑起来。我有些不好意思，不敢抬头看大家，继续唱，总算没走调，但能感觉到大家那充满期待、友善、爱护的目光。今天想想，要不是有这样的好集体，就算再活泼外向，也不会表演节目，更何况还是唱歌走调。

那个晚上，我四处奔波，不停为班级提开水，头发都被淋湿，有的同学跟黄老师说我很辛苦。过后，我把买开水剩下的钱还给黄老师，不过是几毛钱。黄老师想把剩下的钱给我，但我不要，露出不高兴的神情，把钱扔回去。当时，我和黄老师隔着一张桌子站着。不料，我居然把钱扔到他脚下。黄老师对我的反应感到意外，慢慢蹲下捡钱。他沉默，我也沉默，我们都没再说什么。

我觉得这样的日子很好，多姿多彩。学习轻松自在，又有丰富多彩的课外活动，老师、同学关系融洽，还有什么能比这更好呢？我甚至还有一种享受的感觉，这样的日子多么惬意，像一杯醇香的酒，是会醉人的。这很符合那个年纪的特点。

初二上学期，黄老师居然把校"优秀团员"评给我，这让我很惊讶。因为每个班级只有一个名额，想被评上的难度可想而知。黄老师再一次让我体会到公正，有付出就有收获，每一次无私奉献，都会被尊重，不会被忽视。除了学习好外，黄老师可能更看重我每次劳动从不计较个人得失的精神。至今，我仍珍藏着这本小证书，把它视为一份至高无上的荣誉，一生中最有分量的证书之一，是我最美好的学生时代的见证。我所有的付出都能得到重视、承认，真的是一分耕耘，一分收获，丝毫不假。

黄老师对学生的尊重还体现在一件小事。有一次，他让一位同学留下，但这位同学不肯，想走，他拉了这位同学一把，但其实没怎样，只是轻轻拉了一把。过后不久，他就当全班同学的面向那位同学真诚道歉。我们都觉得很新奇，教室里安静极了，大家或许都觉得不可思议，从来没见过这样的老师。

黄老师很关心我。记得那时，我买了本鲁迅小说集带到学校。他知道后，走到我桌前，让我把书拿给他。他翻了翻，俯下身子，眼睛一眨一眨的，满脸笑容地对我说："还是先把学习搞好，小说以后再看。"我感到很温暖，连忙说好，以后再也没带这样的书到学校。

当然，黄老师也有严厉的时候。记得一次上课，同桌没事老故意碰我，把我气恼了，一来一去，跟他争斗。殊不知，早被站在窗外的黄老师看见。下课了，黄老师开始批评我，没有往日一贯的笑容，变得严峻："就算你会，也不能这样不专心。"我低下头，不知道该说些什么。我以前可从来没被黄老师批评过。

不过，到初二下学期，或许是许多科目频繁换老师的原因，我们班的整体成绩在退步。我也退步了，落到二十名。黄老师也因此被学校批评。到了初三，黄老师被撤换，他不但不是我们的班主任，而且不再教我们。相反，换来一位新班主任。

可惜的是，这位老师一切以成绩为标准，我在他那里感受到巨大的冷漠与歧视，他从来没关注过我，可他并不知道，过去我也是个优生。我变得不爱学习，注意力老是会分散，提不起干劲，感到迷茫、失落，不懂得越是这种时候，越要更加努力，迎头赶上。老师还说了一些我读书不行的话，我很受打击，甚至上课时都在哼着歌。那时，我好怀念黄老师。如果他在，也许一切都会不一样，以后的人生路也会不一样。

如今，很多年过去，我仍记得黄老师的点点滴滴，记得那段闪光的年华，至少在初中前两年是这样。现在，偶尔碰到初中同学，他们也总说：黄老师很有意思，总和学生打成一片。看起来，怀念的不只是我，还有很多同学。黄老师的确带给许多同学快乐、有趣的记忆。对每个真心教书育人的老师来说，他们所做的一切都不会被时间遗忘，而会永远被学生铭记于心。从这点上讲，他们的付出是崇高的，也是无价的，更值得人们去尊重。